www.ingramcontent.com/pod-product-compliance
Ingram Content Group UK Ltd.
Pitfield, Milton Keynes, MK11 3LW, UK
UKHW040558210726
13854UKWH00008B/1494

9 781365 763687

ورقاتُ خريف

(مجموعة قصصيّة قصيرة)

بقلم :

نادية محمود العلي

(مؤيدة بنصر الله)

2017 فبراير/ شباط

الإهداء :

ورقاتُ خريف : مجموعةُ قصصٍ قصيرة من ورقاتِ شجرةِ العمرِ
جمعَتْها أناملي ولمَّها قلمي لتضُمَّها صفحاتُ هذا الكتاب ، وقد سبق ونشرتُها
متفرقةً على الشبكة العنكبوتية باسم "مؤيدة بنصر الله" ... ..
أحبُّ أن أهدي مجموعة أوراقي الخريفية إلى :

زوجي الغالي وشريك حياتي **" عمر جبق "** الذي ألهمني وشجعني
وساعدني لترى ورقاتي النور ...

إلى أطفالي وقرّة عيني : **علاء – تاج الدين - حنين – مؤيد** ..
الذين أهدوني بعضا من الورقات الخريفية فخبَأتُها لهم عسى يقلِّبونَها يوما
وهم يهمسون : هنا كانت أمي ...

إلى صديقة قلمي ويمامة أغصانِ الزيزفونة : **" نسرين مصطفى"**
بنقدها البنّاء وتشجيعها وقريحتها الأدبية ...

وشكر خاص إلى مصمم الغلاف ابني الغالي: **"علاء جبق "**

إلى كل من **أعطاني فكرة** لأخطها ورقةً من ورقاتي الخريفية ...

*****

نادية محمود العلي

(فبراير 2017)

(مؤيدة بنصر الله)

ورقاتُ خريف

قد تكون قصة غيرك هي جزء من قصتك ، وأنت لا تدري ، وحين تكتشف ذلك ، تهزُّ رأسك باكيا أو ضاحكا ، على حسب الظروف ...

لم تكن تدري أن قصتها قد بدأت عندما فتحتْ مصراعيّ نافذتها ، وسمحت لرياح الخريف الباردة أن تلفح حرارة وجهها اللطيف ...

كانت ابتسامتها كبيرة على شفتيها الورديتين ...ونظرتها مشبعة بالانتعاش والحياة ...لا عجب فهي تعشق فصل الخريف !...

تهادت ورقة شجر مصفرة ، من النافذة على أرض غرفتها ، فانحنت والتقطتها ...وهي تبتسم ..

في هذه اللحظة دخلت والدتها ، وهي تقول :

- تعالي نعدّ الفطور يا " ساجدة "، سيعود والدك وأخوتك من المسجد بعد قليل..
- آه ، اليوم هو الجمعة ... إذا سيتأخرون ، لا بد وأنهم سيشاركون في المظاهرة اليوم ...

- لا أدري ماذا يستفيدون من هذه المظاهرات قال ربيع عربي قال !

ضحكت "ساجدة "بتهكم على والدتها المسكينة ... لكن والدتها أومأت لورقة الخريف بيدها ، وقالت :

-هل عدتِ لتجمعي ورقات الشجر ؟؟

- إنه الخريف يا أمي ، وتعلمين كم أعشق الخريف !

- أنت أوّل إنسانة أصادفها تقول فصل الخريف ، الجميع يقولون جاء الشتاء..

فابتسمت "ساجدة "، ولوّحتْ بالورقة وهي تضعها بين طيّاتِ كتابٍ قديم ...
لم تكن تعلم في تلك اللّحظات ، ما يخبّئ لها الخريف ، فقد طال انتظارهما ، وبرد الفطور ، ولم يعد والدها وأخوتها ..

وفجأة هبّتْ رياح خريفيّة باردة تحمل رائحة الموت والحرب ، وتهادت على أرض غرفتها من النافذة ورقة خريف مضرَّجة بالدّماء ..
انحنت ورفعتها ، ليتوقف قلبها لحظات عن النبض ، وتتوّجس خيفة من مشهد الدماء على ورقتها الخريفية ....

وسمعت أصواتً وجلبة في منزلها ، ركضت لتُفاجئ ، بجمعٍ من الشباب يحملون جثة أخيها وقد مُحت معالم وجهه من رصاصة اخترقتْ رأسه ....

- أين أبي ؟؟؟

صرخت والدمع جاف في مقلتيها ، ووجها أصفر ...

أجابها أحد الشباب :

- لقد اعتقل ...

أحيانا عند المصاب الشديد ، تجفُّ الدموع ، وتتحشرج الكلمات ، ونقف عاجزين أمام هول ما نرى ونسمع لدرجة أنَّ ردَّة فعلنا تكون باردة كصقيعٍ أحرق الزرع ....

في هذا الخريف ، شبَّتْ نار الحرب في الوطن ، بين دكتاتور متشبّث بالسلطة ونظامه البيروقراطي المستبدّ ، وثوار بسطاء أرادوا التغيير ، فتكالبت عليهم أنظمة فاسدة ، وحقد نازي ، واستبدادٌ فاشي ، وأممٌ بسيّاساتٍ شيطانية ...

بدأ قصف المدن بالطائرات ، وبدأت البيوت تتداعى على رؤوس ساكنيها ...

تشرّد أهل الوطن ، ونزحوا إلى البلدان المجاورة ...

كانت ممن ترك البيت ، وورقات الخريف تتكسّر تحت أقدامها ، وتختلط في أنفها رائحة الدماء مع رائحة التراب المبلل بقطرات المطر الأولى ، ورحلت مع والدتها ومن تبقى من عائلتها ، حاملين ألم موت أخيها ، واعتقال أبيها دون معرفة شيء عنه ....

و تلك الرائحة ، وتلك الورقة المضرّجة بالدماء ، ووجه أخيها المشوّه، كان كلّ ما حملته معها .....

وكأن ذلك الخريف لم ينته ، وطال سنوات وسنوات ، وظلّت أوراق الشجر صفراء نُحاسيّة ، وأغصانها عارية رماديّة ... وفي الحروب لا ينبت الربيع ، وتطفو النفوس الدنيئة ، وتجّار الدّم والنساء والطفولة ، وتسود رائحة الدماء ، وتكسد تجارة العطور ....

مرّت السنون ، وهم مشرّدون في دول مجاورة ، توفيت والدتها أيضا ، وأضحت حياتهم شتاءاً قارصاً وصيفاً حارقاً ، وخريفاً ما بين ذاك وذاك ... واختفى الربيع بين طيات الحنين والحزن والألم والانتظار ....
كان الخريف قد حلّ مرة أخرى ، ووضعت الحرب أوزارها ، وعاد البعض إلى الديار المحروقة ، وكانت ممن عادوا ، ولكن وحيدة مع أخيها الأصغر

الذي كبر ، كانت عيونها محملقة مشدوهة في هول الخراب والدمار ، وقلبها الصغير قد أثقله اليأس والألم ...

طرقاتٌ محفورة هنا وهناك ... وعلى أطرافها جذوع شجرات الزيتون التي احترقت واقفة ، وعلى بعض الجدران آثار دماء لم تُمحَ ، وكتابات ثوريّة ، وشخبطات صبية صغار ...
دخلت بيتها النصف مُهدَّم ، وهي تدوس على رماد محترق وأشياء مبعثرة ، وورقاتِ خريف هشّة ، تكسَّرت تحت أقدامها ...

وفجأة سمعت جلبة في المنزل المتداعي ، وقفتْ خلف أخيها تحتمي به ، فصرخ أخوها بصوت عال :

- من هناك ؟؟؟

ظهر ظلّ شخص بين الركام ، ومشى بهدوء وهو يقول :

- لا تخافوا ، من أنتم ؟؟؟

- نحن أصحاب هذا البيت !

- حسنا حسنا سامحوني ، كنت قد نمت هنا ، فقد تهدَّم بيتنا بالكامل ...

كان قد وضح وجهه عندما اقترب ، وتذكرته هي، فقالت :

- ألستَ صاحب أخي الذي حمله عندما استشهد ؟!..

- نعم أنا هو " عُمر "...

حكى لهم كيف كان يقاتل كلَّ هذه السنوات ، وكيف فقد عائلته وبيته ، وكيف كان بيتهم ملجأ له ...واستأذن منهما وانصرف ....

حاولت مع أخيها إصلاح البيت وترتيبه ، وكان الشاب يأتي بين الفينة والأخرى لمساعدتهما وإحضار بعض الطعام والحاجيات ، حتّى أنّه أوجد لأخيها عملا ...
ووقف بيتها ثانية كصخرة أهلكتها السنون ، ووقفتْ هيَّ على شباك غرفتها تنظر إلى ورقات الخريف المتداعية مما تبقى من الشجر ...

هبّتْ رياحٌ خريفية باردة ، وسمعت تكسُّر الورقات تحت أقدام قادمة ، ثم نثرتْ الريح ورقة إلى غرفتها ..
انحنت وحملتها ، وهي تتذكر تلك اللحظات التي دخلت فيها أمّها تسألها أن تعدَّ الفطور ، وفجأة سمعتْ أصوات أقدام خلفها ، ولوهلةٍ اختلطتْ عليها الذكرى بالواقع ، وظنت أنّها أمّها ..

التفتت وهي تهمس : أمّي !

لكنه كان أخاها الأصغر ، كان يبتسم بلطف وعيناه مليئة بالشغف ، وهو يقول :

- أختي ! عزيزتي ! تعلمين أنك كلّ ما تبقى لي من عائلتي ، وأني لا أريد لك إلا كل الخير !

- ما الأمر! (تقولها بكل استغراب !)

- لقد طلبك مني " عمر " ، فهل تقبلين الزواج به ...

صمتت ، بين مستغربة وخجلة وحائرة ، ومرّتْ حياتها أمامها لوهلة ....

قال لها أخوها :

- أنا موافق ، وسنعيش معا هنا في هذا البيت ، ما رأيك ؟؟؟

وافقت ساجدة ، وتمَّ الزفاف ...

كانت تشكر الله في كلّ لحظة ، لأنه عوّضها بعمر وأخيها ، عن فقدان الأهل والتشرّد والحرمان والألم ، الذي اختبرته طوال الأعوام الماضية .... شكرت الله على حمايته لها ، فرغم كل شيء كانت أفضل حالا من غيرها ...

و كان الخريف مرة أخرى ...
وكانت كعادتها تقف على شباك غرفتها ، تراقب الريح الباردة تعبث بالورقات النحاسية وتنثر ورقة إلى غرفتها ،انحنت والتقطتها ،وسمعت حركة خلفها ،التفت لتجده يبتسم لها بكل حب ّويسألها :

- هل عدت لتجمعي ورقات الشجر يا ساجدة ...

ابتسمت وقالت :

- إنه الخريف ، وأنت تعلم كم أحبُّ الخريف يا عمر !

- أنت أول إنسانة أصادفها تقول جاء الخريف ، الجميع يقولون جاء الشتاء ...

ضحكت ساجدة والدمعة تغرورق في عينها ، وهي تذكر كلمات أمها نفسها ...

وعادت تنظر للشجر وعمر واقف معها ، يحتضنها ، ويضع يده برفق على بطنها ، الذي زرع الله فيه جنينا صغيرا ، سيأتي ليكون مع جيله الربيع الذي طالما انتظره الجميع ، و يسألها :

- قصةُ كلٍّ منا باتت جزء من قصة الآخر ، ثم صارت قصة واحدة ، من كان ليظن ذلك ؟!!!

هزّتْ رأسها مستغربة ، ضاحكة وباكية ، فلم تكن تعرف الجواب ..

*****

مفارقة

ينهمر المطر وينهمر بغزارة ، كسهام عاشق يريد أن يحظى بحبيبته الأرض

خيوط مائية تتدلى من السماء ، تغرق الشوارع ، وتغرق القلوب بالشجن ....
تفوح رائحة التراب والرمل ، والرطوبة ، وتتعالى أصوات نقرات قطرات المطر ، و نقرات حذائه الثقيل على الرصيف المبلل ...

كان يخبئ ابتسامة الحنين في عينيه، ولا يصدق أنه عائد بعد طول غياب لزوجته وأطفاله الصغار ..
ذكرياتٌ تتصارع في مخيلته ،وهو يَحثُّ خطى العودة ، ولكن ذكرى واحدة كانت تطغى على الذكريات ، ولا يتصور إلا نفسه وهو يَجِدُّ ليحمل أكياس الرز ، والملح ، فوق أكتافه العريضة ، ويصعد بها إلى السفينة الراسية في الميناء ، ولا يشم إلا رائحة عرقه ، وعرق رفاقه الذين يحملون معه الأكياس.

يهز رأسه ، يحاول أن يتذكر وجه زوجته الجميلة ، وأطفاله الصغار ، ويتنشق رائحة المطر علّه ينسى رائحة العرق ...
أخيرا على أعتاب الباب ، يدق مصراعي الخشب المهترىء ، ليفتح له أطفاله بكل شوق ...

يعانق الجميع ، يقبل الجميع ، يتسامر ويلهو معهم ، ثم يخلدون للنوم ....
زوجته ، باستحياء تقدم له عشاء متواضعا ، وهي تقول :

- أنا آسفة يا عزيزي ! لا أريد أن أبدأ الشكوى أو التذمر من أولى لحظات عودتك ، ولكن ليس عندنا رز ،كنت لأطبخ لك أشهى وجبة ... ومنذ شهر وبسبب أوضاع البلد لم نستطع شراء الرز .. حتى أنه لا مال لدينا ....

تذكر أكياس الرز التي كان يحملها فوق أكتافه ، وتذكر الرز الذي كان يتسرب ويتناثر من الأكياس عندما يتمزق بعضها ، وأحيانا أكياس كاملة ترمى في البحر ...

ابتسم ، ثم بدأ يضحك ، وسط دهشة زوجته ، التي ما لبثت أن ابتسمت وضحكت لضحكته ....
كان يضحك من مفارقات الحياة ، كيف يُرمى الرز هناك ، وكيف يحتاجون كل حبة هنا !!!
كيف كان رئيس عملهم يبذر النقود على بنات الهوى وعلى ثانويات الاحتياجات ، وهو هنا لا يستطيع أن يوفر المال لحلاله ولأساسيات الاحتياجات !!!

ربت على كتفها وابتسامة ساخرة في عينيه الحزينة ، وتمتم بشفتيه:

- لا بأس عليك ، غدا يوم آخر إن شاء الله ... إن الله قادر ،عليه نتوكل وبه نستعين ، ولا شك أن حكمته منها نتعلم الكثير ...

رفعا عيونهما إلى السماء ، وأيديهما متعانقة ، يشكران رب العباد على نعمه التي أنعم بها عليهما ....

****

الأرنب والسلحفاة

غريبةٌ هي هذه الحياة ، كيف تمرُّ مسرعةً مع أنها تمشي ببطء ! إنَّها كالسلحفاة في قصّة " الأرنب والسلحفاة " ونحن طبعا الأرنب ....
نتحدَّاها ونسابقها ، ونغفو لنكتشف أنّ الحياة البطيئة قد سبقتنا ...

كانت الشمسُ على وشك الغروب ، وكانا يلعبان أمام المنزل عندما سمعا صوت والدتهما تناديهما ..
وقد كانا طفلين ارتبطا برابط الأخوة - أخوان من نفس الأمّ والأبّ - ولدا في نفس المنزل وفي نفس الوطن ..
سابقا الحياة معا ، اختلفا وتصالحا مرارا وتكرارا ككلّ الأخوة الصغار ....

وكانت والدتهما تناديهما دائما عند الغروب ليدخلا المنزل ، فيجمعهما عشاء الأهل ، وسمر الصيف ، وبرد الشتاء ، وفراش دافئ وأيّامٌ أسريَّة كثيرة ....

لكنّهما في يوم من أيّام الحياة البطيئة ، كانا يتجادلان حول الميراث بعد موت والديهما ، وبأمور كثيرة ، فاختلفا وتقاتلا ، وشتما ... وكلٌّ سار في طريق ... لم يتكلما منذ ذلك الوقت ، ولم يتصلا ببعضهما وتمنيًا أن يختفي كلٌّ واحد منهما من حياة الآخر .....

مرّتْ الحياةُ السلحفاة وتجاوزتهما ، وهما ظلّا كلٌّ في طريق ، نسيا أو تناسيا وجود الآخر ...

تزوّجا وأصبح عندهما أولادا و بنات يكبرون ...

ابنة أحدهما الصغرى كانت تنبش في خزانة والدها ، لتجد صورة جميلة لشابين صغيرين يشبهان بعضهما ، مبتسمين ويد كلّ واحد منهما على كتف الآخر ...
ركضتْ تحمل الصورة وتريها لوالدها وهي تسأله :

- من هذان الشابان يا أبي ، إنّهما يشبهانك ...

حمل الأب الصورة بيده ، وصفعةٌ قويّة من يد الزمن الصارمة ألهبتْ خدَّه ، وأفقدته القدرة على الكلام ..

لكنه تحت إصرار أسئلة الطفلة أجاب :
- هذا أنا ، وذاك أخي ..

وسألت الطفلة :
- هل أخوك ميت يا أبي ؟؟؟

وبُهت لسؤالها ، ولم يعرف أن يرد عليها ، وهي استمرت بالأسئلة البريئة ، حتى أجابها :
- لا أعرف .. إن كان ميتا أو ما زال على قيد الحياة ..

الطفلة :
- كيف لا تعرف ، أليس أخاك ؟؟ أنا أعرف أن أخي أحمد ليس ميتا ...

هو :
- لقد تخاصمنا منذ زمن طويل وافترقنا ولم أعرف عنه شيئا منذ ذلك الوقت.

الطفلة :

- ولماذا تخاصمتما ؟!

حاول أن يتذكَّر لماذا تخاصما ، ولم يستطع التذكر ، فاغرورقت الدُّموع في عينيه ، وأحسّ بتفاهة شخصه واستصغر قيمته كإنسان ، حتى كاد أن يشمَّ رائحة عفن نفسه الصغيرة ...

وأجاب طفلته وهي تلحُّ بالأسئلة ، وكان يبتسم بمرارة :
- لا أتذكر لمَ تخاصمنا ، أتمنى أن يكون شيئا يستحقُّ أن أفقد أخي من أجله كلّ هذا الوقت ...

الطفلة بكل براءة :
- أتمنى أن يكون أخوك على قيد الحياة يا أبي ، حتى أزوره وأناديه عمي.

لم يستطع أن يمنع دموعه من الانهمار ، ولم يستطع أن يمنع نفسه من الانهيار أمام صغيرته ، فبكى وأجهش بالبكاء ، وعانق ابنته الصغيرة بقوَّة حتى كاد أن يكسر عظامها ...

وكان يهمس لها بحروف يقطِّعُها بكاؤه :

- ستزورينه إن شاء الله ...
لم يكن الطريق صعبا لرؤية أخيه ، وكان يحدِّثُ نفسه وهو في طريقه :

(كيف أسدلتُ ستارة نافذتي كلّ هذا الوقت !،ومنعتُ ولوج أشعة الشمس ، وتكوَّرتُ على نفسي ، وغفوتُ كالأرنب الجبان الأحمق المغرور ، وسمحتُ للحياة أن تسبقني ، أن تأخذ أخي مني ، أن تتركني حتى من دون ذكريات أيامنا الجميلة معا ، لربّما كانت أيقظتني....)

صوتُ أخيه يناديه ، ينتشله من أفكاره ، ويبعد الستارة لتلج أشعة الشمس ، أشعة الأخوَّة والمحبة ، إلى عتمة نفسه المتكوِّرةِ على ذاتها ...

تعانقا ، أغرقا قميصَّي بعضهما بالدموع ، وحاولا الإمساك بيد بعضهما علَّهما يركضان معا ليسبقا السلحفاة ..

وكانت الشمس على وشك الغروب ، وصوت أطفالهما يناديهما ، فيدخلا ليتشاركا عشاءً أسريًّا ، وأمسية أخوية ....

والغريب في الأمر أنهما معا لم يتذكرا لماذا تخاصما وافترقا ، وفي قرارة كل منهما ودًّا لو كان أمرا يستحقّ ....

****

رمادُ ذكريات

كانت عيناها المغرورقتان بالدموع تراقبان ألسنة اللهب المشتعل يستعر بدفاترها وصورها ووريقات كتبتها ، وتراقب يديه وهي تمزق الدفاتر وتلقيها في النار ، وكان قلبها يخفق كلما كان اللهب يعلو ويهبط مع نسمات باردة تتسلل من تحت الباب الموصد ..

كان رماد الذكريات يتبلور كلما بدأت النار بالخبو ، وكانت ذراته تدور كدوامة صغيرة مع نفخات الريح التي تحاول الدخول لتعبث برماد ذكرياتها وتذروه ..

ماضيها كان هنا .. في هذه النار التي خبت ..ماضيها أضحى رمادا فضيا محترقا ...

صفحاتٌ كتبتها من مشاعرها ، وحروفٌ صفَّها قلمها الصغير ذات يوم ..

نظرت إليه ، إلى عريسها الذي زُّفت له للتو ، وكان يبتسم ويقول لها :

" ماضيك احترق ، وأنا حاضرك ومستقبلك .."

تألَّمت ، لمَّتْ قبضتها ، حاولت التنفس بعمق بعد أن كتمت النار صدرها ، وكتم عريسها الوسيم على أنفاسها ، بأنانيته وتملكه ...

ويهمس وهو يحاول معانقتها :

" أحبك .. أريدك لي وحدي .. أنا وأنت واحد لا يتجزأ .."

الصمت في تلك اللحظة كان سلاحها ، وتنهَّدت وأقسمت أنها ستنتقم ذات يوم ، وستحرق قلبه كما أحرق ذكرياتها وأوراقها ....

لم يكن قد مضى شهران على زواجهما ، وكانت مذهولة من هذه الحياة الجديدة التي أقبلت عليها ، وكان هو كمن يقبض على عصفورة جميلة رقيقة بيده ، من خوفه وحبه لها يكاد يخنقها ، فما كان منه إلا أن حبسها بقفص ذهبي ، وأسدل كل الستائر وأغلق كل النوافذ ، وأوصد الباب وجلس ليس له إلا مراقبة عصفورة مكسورة الفؤاد ، مخنوقة الأنفاس ..

في ذلك اليوم كان قد ذهب عريسها إلى عمله ، وكان المطر قد بدأ ينهمر طلّا جميلا كعادته في كل حدث مهم في حياتها..

قامت كعنقاء كسيرة من تحت الرماد ، وقد حانت ساعة الانتقام ، وارتدت ثيابها وخرجت إلى أقرب صيدلية ، واشترت سما للفئران ، وبعض الموز وعادت إلى سجنها ... وكانت تشعر بعلاقة تكافلية بينها وبين الحزن داخلها ، وتودع قطرات المطر وأرصفة الشارع ، وورقات الشجر المغسولة ، وجارتها اليمامة التي في كل يوم تهدل لها بيوم جديد ..

أفرغت السم في طبق ثم بدأت تغمسه بالموز وتبتلعه ..

بعد قليل ذهبت إلى سريرها ، واستلقت تحملق في سقف الغرفة وتنتظر ساعة الموت بكل هدوء وحزن ، وعدم رغبة لا في الحياة ، ولا في أيّ شيء في هذه الحياة ..

وفجأة شعرت بأحشائها وكأنها ستخرج من فمها ، وأسرعت إلى الحمَّام لتخرج كل شيء من معدتها ..

ثم عادت للاستلقاء في سريرها ..

عاد هو ووجدها مستلقية تعبة ، ولكنها مرة أخرى أسرعت إلى الحمام لتخرج ما تبقى من الطعام من معدتها ..

ابتسم وقال :

أهااا ، مبروك يا حبيتي ، أنت حامل ولا شك ..

- " ماذا !!!

كلا لست حامل ، أنا تعبة فقط ، وقد تأخرت دورتي الشهرية كعادتها فهي دائمة التأخر .."

لكنه أصر على رأيه وبدأ يبتسم ويضحك ، وهو يحلم بفتاة صغيرة جميلة كأمها ،ومستقبل باهر ..

في اليوم التالي تأكَّدت من الدكتورة بحملها بجنين صغير عمره شهر ونصف تقريبا ، فشعرت بالخوف والذعر ..

ماذا لو أن السمَّ أثر على الجنين ، وولدت طفلا مشوها !!!..

ماذا لو عاقبها الله على انتقامها ، ومحاولتها قتل نفسها ، بالابتلاء بطفلها الجنين !!!

كان الذعر قد استولى عليها حتى النخاع ..

هرعت إلى الحمام لتتوضأ ، ثم صلَّتْ وصلَّت و صلَّت لله ..واستغفرت ربها ..ودعت أن يرزقها بطفل معافى كامل الخَلق والخُلق ، وشعرت أن احتراق ماضيها ورماد ذكرياتها لا شيء أمام مستقبل طفلها وسلامته ..

وسامحت زوجها ... وهرعت إليه إلى صدره الدافئ تبكي وتبكي علَّه يغفر لها أيضا ..

أحس هو بحبها وصدقها ، وشيء لامس شغاف قلبه ، فعانقها ، وهذه المرة بحبٍّ ومن دون أنانية وتملُّك ..

كان لوجود حياة صغيرة في أحشائها أثر عليها وعليه ..

فتغيَّرتْ هي ، وتغيَّر هو ...

وبعد سبعة أشهر رزقا بطفل سليم ومعافى وقوي البنية ...

شكرت الله وسجدت له لأنه تقبل استغفارها ورحمها ..وأعطاها زوجا محبا وطفلا سليما ..

أحيانا ما يبدو أنه شر لنا وأنه بؤس وأننا لا يمكننا العيش معه لدرجة أن نفكر بالانتحار ، هو نفسه خير لنا وحجر أساس لبداية حياة مشرقة أمامنا .."
فعسى أن تكرهوا شيئا وهو خير لكم " ..

*****

قبر سقيم

والريح تصفر في ثنايا الروح المهجورة ،وتعبث بورقات يابسةٍ هشة ، كرتمٍ خريفي حزين ، جاء صوتها عبر ترددات الأثير :
- والدك مريض جدا يا ابنتي ...

وريح الربيع تعبث بحبوب طلع الزهور اليانعة ، ناثرة الكآبة في طيات الفرح و حاملةً عبر ترددات الأثير صوت أخي يقول:
- والدك قد توفي ...

وعبر ترددات الأثير وفي ثنايا الريح ، التي لم تحمل إلا صدى صمتي وحزني وندمي لأني لم أسافر لرؤيته ، كان جوابي ....

وبعد شهور مرَّتْ كثيرة ، حططتُ رحالي هناك ، وأخذتُ الدرب إلى مقبرة المدينة ....
كنت بشوق لأن أراه ،واعتقدت لربما أني سأجده في ذلك اللحد تحت التراب أو ربما جالسا على حافة قبره يبتسم لي ..

وصلت مكان دفنه ، و بمشاعر كانت حقا فارغة ، وقفتُ أنظر باستغراب إلى التراب الأحمر ،ونباتاتٍ خضراء بوريقاتٍ تشبه الأصابع ، تنمو فوق وبجانب القبر ، تنمو وتتغذى من جثث ورفات البشر ...
توقعت أن أنهار وأبكي وربما أجلس لأهدأ ... لكن المفاجأة أن مشاعري كانت فارغة جدا ، ولم أستوعب ولم أتخيل أن يكون أبي هنا تحت هذا التراب وبجانب هذه القبور ... وأكاد أقسم أني لو حفرت ونبشت هذا القبر لن أجده هناك في تلك الحفرة السقيمة !!!

لم أشعر حتى بالحزن ، وفرحت لأني تخيَّلتُ لوهلة أني إذا دخلت الدار العتيقة سأجده هناك تحت عريشته ، يتناول شرابه المفضل ، الذي لم يكن قهوة ولا شايا ، وإنما أشياء وأعشاب ممزوجة لطالما نهرناه لأنه كان يشربها ، وكان يبتسم أو يضحك ضحكته تلك ويسكت ويستمر بشرب خلطته السحرية ...

تذكرت وجهه المبتسم وعينيه الطيبتين ، وحمدت الله أني لم أسافر في ذلك اليوم ولم أرَه ضعيفا مريضا كسيرا حزينا ، منطفئ العينين ، وأنَّ صورته وهو مبتسم قوي نشيط يتحرك هنا وهناك ، بقيت عالقة في ذهني ، ومحت آثار الموت السقيم ...

مرَّت سنوات ، و كلما دخلت الدار العتيقة أتوقع أن أجده هناك تحت عريشته يشرب شرابه المفضل ، ويناديني بصوته الحنون باسم الدلع الذي لم ينادني به أحد غيره ...

وعندما تمرُّ الأيام وأنساه وأنسى صورته ، يأتيني في الحلم ، طيفا معاتبا بابتسامة ، علّي أقرا له ما تيسر من القرآن أو أتصدَّق عنه بما تيسَّر ...

ومازال ذلك الوجه الطيب بتجاعيد اللجين ، وبابتسامة سمحة تميز تللك العينين ، يجعلني أبتسم ... رحم الله وغفر لجميع أمواتنا ..

*****

في ذات يوم ماطر ...

في ذاتِ يومٍ ماطر ، كانت حبّات المطر تصطف بهندسةٍ إلهية بارعة ، لتشكِّل خيوطا منهمرة من عيون السماء ، وكانت الريح تغيّرُ مسار خيوط المطر المستقيم ، ليصبح مائلا كخصلات شعر غجرية ساحر تهثُ في رماديَّةِ طرقاته ..

لم يكن يكفي أن أراقب المطر من وراء زجاج شفاف، أو أسمع نقرات أنامله المائية على درفتي نافذتي ، وكانت رغبة عارمة بأن يغسلني المطر كما غسل أبنية المدينة وطرقاتها ، وأشجار الغابة ودروبها ، و زهور الحديقة وصخورها ، فاكتستْ ببريق الطهارة والنضارة ....

توشَّحْتُ حماقة رغبتي ، وانتعلتُ صخور دربي ،و سرتُ ببطء والمطر يجتاحني ، والريح تدفعني ، والبرق يضيء تاراتٍ طريقي ، لا بأس فالمطر صديقي ...

وكان لا بدَّ من مرسى ، فتوقفتُ عند مسكنها ، ودعتني لفنجان قهوة ، ولا أجمل من فنجان قهوة في ذات يوم ماطر !!

كان صوتها ناشزٌ يعكِّر لحن المطر ، وضحكتها الصارخة تضيّع رهبةَ المطر ، وتساءلتُ لم هي رفيقتي !!
لأننا في نفس الكلية والقسم ؟ والقدر جمعنا بنتين وحيدتين ؟
ربما ...

قلَبَتْ فنجان قهوتها ، وقالت لي مازحة :
- لم لا تقرأين لي فنجاني ؟!!

فابتسمتُ :

- ومن قال لك أني قارئة فنجان ؟!!

ومن دون أن أسمع ردا ، حملتُ فنجانها بين أصابعي ، وتأملتُ فيه وأنا الجاهلة بخطوطه ، ثم نظرتُ في عينيها ، كانت كتابا مفتوحا –على الأقل بالنسبة لي - وهمستُ لها :

" - إنَّكِ دائمة القلق ، يا "سهام " وشيء ما يقلقك باستمرار ..
هناك شخص تهتمين لأمره لكنه يدير ظهره لك ولا يهتم ..
هناك من جرحك ذات يوم ، وأنت لا تستطيعين النسيان .. "

ورفعتُ نظري من فنجانها ، لأرى عينيها محملقتين في عيوني ، ثم ضحكتْ ضحكتها الصارخة الناشزة تلك وأقسمتْ باستغراب أنَّ كلَّ ما قلتُه لها صحيح وأني أفضل من قرأ لها فنجانا ذات يوم ...

ابتسمتُ وأنا الجاهلةُ بخطوط وقراءة الفنجان ، بل ولا أؤمن بهذه الترهات...

لكن في تلك اللحظة وأنا أنظر لعينيها وردة فعلها ، عرفتُ لمَ كنت أرافقها !!

لأنها طيبة القلب ، لا تنافق ولا تعرف كيف تنافق ...

تركتُها مع خطوط فنجاها ، وعدتُ لغرفتي ، تبلّلني قطرات المطر الذي بدأ يصبح طلّا هادئ الرتم والنغم ...

عدتُ أتأمل فنجاني ، ولم أعرف أن أكون ماهرة في فك شيفرة خطوطه كما فعلت مع " سهام " ....

هل ذاتنا دائما بحرٌ حالك السواد ؟!
ويتطلب الأمر غواصا ماهرا لنكتشف مكنونات أنفسنا ؟!
أم أنَّها صفحةٌ بيضاء ، وضباب إنسانيتنا الخرقاء يحجبها ؟!

مهلا ! لقد عرفتُ الجواب في ذاتِ يومٍ ماطر،ولا أدري عنكم بعد!

*****

الحنين العتيق

أسدل الليل غمار سواده الحالك وساد في المدينة صخب المجون والهوى ، وتعالت ضحكات السهر والسمر ....
لا يهم إن كان الجو عاصفا ، ماطرا ، أو ساكنا ، ففي المدينة ألف سبب وسبب لجعل الليل ملهىً للعواطف والنفوس ...
وفي عيونه كان ألف تساؤل عن ماهية الليل في ضجيج المدينة ، وماهية الهوى في سكانها ....

من قرية صغيرة جاء يبحث عن نفس ضائعة ، عن أمل بحياة أفضل ، عن غامض مجهول يسدّ أفق دروبه ، عن شهادة جامعية يبني بها مستقبله ....

في جامعة المدينة الكبيرة ، كان الوضع أشبه بجنين كان في بطن أمه لا يحيط به إلا المشيمة والسائل الأمينوسي ، ولا يسمع إلا نبض قلب أمه وصوتها ، ثم وفجأة وجد نفسه صارخا شاهقا أول نَفَسٍ له من هواء الدنيا ، وسَمْعَهُ يضج بأصوات الممرضات والأطباء ، وصراخ المواليد ، وهدير الآلات .....
وكطفل يفتح عيونه لأول مرة ، رأى العمارات الشاهقة ،وبنات الجامعة ما بين حجاب وسفور ، وشبابها ما بين خبير ومبتدئ ، ماكر وطيب ، ذكي وساذج ، بملامح رغم اختلافها إلا أنها في عينيه تشابهت كثيرا ....

كانت غرفته تطلُّ على مجموعة من أشجار الكينا الباسقة التي امتلأت حدائق المدينة الجامعية بها ،في تمازج ما بين العمران والغابة ، يبرِّر لابن آدم هَتْكَ عذرية الفطرة والطبيعة .....

لكنَّ هذا أشعره بالراحة ، خاصة كلَّما تناهى لسمعه تمازج غريب بين أصوات هديل اليمامات التي اتخذت عشها على أغصان الكينا ، مع نعيق الغربان التي استوطنتها أيضا .....

وكطفل صغير بدأ يعتاد الحياة في المدينة ، مع علمه أنَّها مجرَّد محطة في درب مستقبله ... بل بدأ يعشق رائحة قهوته الممتزجة مع أبخرتها ، وهو يقلب صفحات كتبه الثخينة ، مصغيا لسمفونية التمازج بين الغربان واليمامات ، والريح التي تعانق أغصان الكينا ، فتَحفُّ حفيفا غامضا وجميلا يبعث في قلبه النشوة وفي ذاكرته عبق قريته وبيته ، وأشجار الزيتون العتيقة تمتدُّ على مرمى البصر كلما صعد سطوح بيته ، وتُسْمِعُه أنغام سنابل القمح التي توشح حقول القرية فتختال بثياب من سندس أخضر .... ثم يرسم دوائر وخطوط على دفتره وإشارات استفهام ، فالحنين أضناه ولا يكاد يصبر حتى تأتي الإجازة ليسافر لقريته ، ويطوي أجنحة الحنين المسافرة ، والشوق العارم لبساطة العيش هناك ..

وها قد أزِفتْ ساعة السفر واللقاء ، والحافلة طوت المسافات في سويعات ، ليجد نفسه يشمُّ رائحة خبز أمه ، وقهوة أبيه ، ويتلمَّسُ خطوط الزمن في وجهيهما ...

وصعد على سطوح بيته ، يريد أن يُشبع الحنين في ربيع عينيه ، ويشتم رائحة كروم الزيتون والتين ، ليفاجئ بأرض مقطوعة الشجرات محفورة بحفر كبيرة كأساسات لمبنى سيُنشَئُ فوقها ..

وبكلماتٍ مخنوقة يسأل أمه التي أحضرت له فنجان قهوته :

- ما هذا يا أماه !!!!!
- إنهم الجيران يا عزيزي ، قرَّروا أن يعمِّروا هنا بيتا لهم ، وصالة للأفراح ، الله يفرحني بك قريبا ..

" قالت وهي تبتسم وخطوط الزمن تتجعَّد حول وجنتيها ".....

ومرَّتْ سنوات دراسته ، وفي كل إجازة يأتي فيها ، كانت مساحات الكروم والحقول حول بيته تتقلَّص ليغزوها العمران بسرعة كاسحة وكأنها في سباق مع الزمن ، حتى لم تعد القرية قرية بل كادت أن تصبح مدينة صغيرة ....

وفي بيته الجديد ، فيما كان يُدعى قريةً ، كان يستيقظ على ضجيج السيارات وأصوات الباعة المتجولين ، وصراخ أولاد الجيران ، حتى أنهكته أصوات التقدم والحضارة ، فباع بيته ، واشترى واحدا جديدا على أطراف البلدة ، محاطا بما تبقى من أشجار الزيتون والتين والحور والسرو الشاهقة ...محاولا الهروب من العمران الذي يزحف كأفعى تتلوّى وتبتلع الاخضرار ..
على الأقل وجد مأوىً فيه يسمع أصوات العصافير مع حفيف أوراق الشجر ، وهو يحتسي قهوته السوداء التي مازالت محافظة على نكهتها ، فهل يغيّرها العمران والحضارة التي ينشدها الإنسان ؟؟!!
ربما فكم غيرت هذه الحضارة والمدنية والتقدم من نكهة وأصالة أشياء كثيرة !! لم تجلب على الإنسان سوى أمراض غريبة تصيب الشباب والشُّيَّب ....

*****

خيوطٌ من نور لا ينقطع

ترتجف يدها كمن وصل برد الجليد والصقيع حتى عظامه ، وشفتاها عاجزتان عن الكلم ، وبفزع تراقب عيناها الخطين الظاهرين على أنبوب اختبار الحمل ...

- لا .. لا يمكن أن أكون حاملا ، لا أريد ن أكون حامل ، يا ربي ! ساعدني !

وهو يحاول أن يخفف عنها :

- إنها مشيئة الله !

وضعت رأسها بين كفيها ...

لا تريد طفلا جديدا ... أكرمها الله بأطفال ملائكة ، ذكورا وإناثا ما أجملهم ! ولكن لن تنسى عذابها بالحمل بهم وبإرضاعهم ، بعدم نومها في الليل لبكائهم ، وبكفاحها لإزالة آثار الحمل واسترجاع رشاقتها ، بمسؤولية تربيتهم ، بخوفها عليهم عند ذهابهم للمدرسة ، وعند رجوعهم ، وعند خروجهم ، وحتى في نومهم ، تستيقظ لتغطيهم وتقرأ لهم الأذكار والتحصين ، بلهاثها عقدين من الزمن وراءهم ككلب وفيّ ليس همه سوى إرضاء صاحبه ...

و الآن ، لا تدري أهي نعمة أم نقمة ، هذا الحمل المتأخر ...

رفعت السماعة بجنون يتوشّح الهدوء :

- ألو .. كيف حالك يا "غصون " ! أرجوك أخبريني ماذا فعلتِ حتى تجهضي طفلك الأخير ؟؟

- لا حول ولا قوة إلا بالله ! مستحيل أن أقول لك ، استهدي بالله وتوكلي عليه ، كله خير من عند رب العالمين وألف مبروك الحمل ....

أغلقتِ السّماعة ، لكن الجنون كان يستعرُ في عينيها ، وخوف ممزوج مع حنق وقلق : ماذا تفعل ؟!!!

حاولت رفع أشياء ثقيلة ، وإرهاق نفسها علَّ الجنين يسقط لوحده ، لكنَّه ازداد تمسكا بجدار رحمها ، و رفض أن يتخلى عنها – رغم محاولاتها جاهدة أن تتخلى عنه - ونشب أظافره الطرية في ظلمات أحشائها الثلاث معاندا رغبتها ...

وفي بداية شهرها الرابع استسلمت للواقع ، وقررت أن تراجع الدكتورة وتتابع معها الحمل ...

الطبيبة وهي تتفحص بعينها شاشة السونار :

- ما شاء الله ! كل شيء بخير ، حجم الجنين ونبضه وحركته وكمية السائل حوله ، ولكني لا أستطيع أن أتبيَن جنسه ، فهو في وضعية السجود والحبل السري بين رجليه ، سبحان الله ! انظري !

رفعتْ رأسها ونظرتْ إليه ، وكان يبدو في وضعية سجود مهيبة ، ويرفع جبهته كل قليل ويعود للسجود ...

وهالها ما رأت ، فهذه أول مرة ترى هذه الوضعية في حملها بأطفالها كلهم !

شيءٌ ما تحرَّك في قلبها ، وأحسَّت بارتباط عجيب مع هذا الجنين ،تضافر مع ندم شديد أنها فكرت في التخلص منه يوما ، وهو يسجد لله بفطرته ، وهي تتذمر ولا تحمده ولا تشكره ...

كم من امرأة تجلس في العيادة خارجا ، تراجع الطبيبة كي تستطيع أن تحمل بطفل واحد ، أو أجهضت طفلا وتريد أن تحمل ثانية ، وهي كانت تريد التخلص من طفلها ، أيُّ أمٍّ ! وأيّ امرأة جاحدة هي !

تحشرجتْ الكلمات ، وضاعت المعاني وتاهت مشاعرها ، أمام رؤية نفسها العارية ، وأمام العيون التي كانت تحدِّق فيها وهي خارجة من العيادة وكأنّها تلومها ، وتكاد تسمع إحداهن تقول لها :

" لم لا تعطيني طفلك أيتها الجاحدة ! "

وأخرى تهمهم :

" أي امرأة وأمّ كافرة بنعمة نحن نتمناها كلّ يوم !"

هزَّتْ رأسها وأغلقت آذانها بأصابعها وخرجت مسرعةً إلى زوجها لاهثةً ، تتموَّج في عينيها نظراتٌ كقوس المطر مُتدرِّجة بألوان سبعة من : الذهول والتشتت و المحبة و الندم و القلق والخوف والرجاء ....
وقالت :

- عزيزي ، إذا كان الجنين بنتا : سنسميها " ساجدة " ، وإذا كان ولدا سنسميه : " ساجد " ...

وافقها على الفور وحمد الله أنَّ كل شيء بخير ...

مرَّتْ الشهور الأخيرة متعبة مرهقة ، وحان موعد ولادتها بعد تأخرأكثر من أسبوع ، وكأنه يرفض الخروج ، ويتشبثُّ بإصرار في أحشاء أمه ، حتى حانت لحظات المخاض الرهيب المؤلم ، وخرج إلى الحياة صارخا : طفلا صبيا جميلا ، بسرعة أخذوه عنها بعيدا ، وصارت تنادي الممرضة لإحضاره ورؤيته ، وبعد إلحاحها أحضرته لها وهي تحمله من الخلف ، ووجهه باتجاه أمه المستلقية ، وكان يبكي ، فقالت له بهدوء :

- لماذا تبكي يا ماما لماذا ؟؟

ومدَّتْ يدها نحوه فأمسك سبَّابة يدها وأطبق عليها بقوة بيده الصغيرة الجميلة ، وكفَّ عن البكاء وهدأ ...

لن تنسى ما حَيِيَتْ عمرها هذه اللحظة ، ورابطة فريدة ربطت بينها وبين الصغير ، في تلك اللمسة وتلك اليد الصغيرة الطرية ،التي أطبقت بقوة هائلة على إصبعها ...

بعد أن خلت به ، فكت ثيابه عنه وراحت تتفحص كل جزء من جسده الصغير حتى تتأكد أنَّ الله لم يعاقبها بأخذ جزء منه أو إنقاص إصبع أو تشوّه ما ... واستغفرت لربها ، وشكرته وحمدته كثيرا أن أعطاها طفلا كامل الخلق ..

كم من أشياء كثيرة تُفرض علينا في هذه الحياة ! ونظنُّ أنَّها شرٌّ لنا وأنَّ حياتنا ستكون جحيما معها ، ويتبيَّنُ لنا ولو بعد مدَّة أنها خير لنا بل وخير كثير ، وكنا بجهالتنا وعدم صبرنا وتسرّعنا سنفقدها وتضيع منا ...

وكم من مرّة نظن أنّها النهاية ! فإذ بها البداية ، فلم لا نشكر ربنا في السَّراء والضراء ونتروى ولا نتعجل حتى نتبيّن خيوط النور في كل حكاية من حكايا حياتنا !!!

رغيفُ خبز ساخن

من الصباح وهو يشتهي رغيفَ خبزٍ ساخن ...

لكنه ومن الصباح وهو يلهث أمام الحياة ويلهث ...

من الصباح وأذناه تلتقط أخبارا مؤلمة يحشرها في صدره فوق الأخبار المتراكبة ...

من الصباح تناهى لسمعه خبر، أن أخيه طلق زوجته ، وأنها تركت أطفالها ، وذهبت إلى بيت أهلها في دولة أخرى ،وأن أخاه أرسل أطفاله إلى بيت أخته المستهترة في دولة أخرى ، تشتعل فيها الحرب ويبيع التجار ويشتري ، الأطفال والنساء والرجال ، أو بمعنى آخر الإنسانية ...

ومن الصباح تناهى لسمعه أنّ زوجة أخيه قد سجلت في كلية الحقوق في الجامعة غير مبالية بأطفالها ولا ابنها ذو العامين الذي يرقد مريضا في المشفى لفراق والديه اللذين ما زالا على قيد الحياة ، وافترقا ...
الأم سارت في اتجاه الشمال والأب سار في اتجاه الغرب ، وهل يلتقي الدربان ؟!!!
الطفل ذو العامين في المشفى يلهوس بالحمى وغير قادر على الحراك ، يموت ببطء ...
العمة غير مبالية بطفل يموت ، فهمومها الدنيوية أكبر !!
والأمّ في دولة أخرى تجاهد لتنتقم من الأبّ ...
والأبّ في دولة أخرى يجاهد ليسافر إلى بلاد الغرب ، ويسمع خبر مرض ابنه ،ويقول :

- سيُشفى وأرسل لآخذه لاحقا ، وفروا نصائحكم لأنفسكم أيا صحبي رجاء ...

من الصباح وأخبار العالم تدور مع الكرة الأرضية وتدور ،وتلف وتعود ، لتخترق طبلة أذنه ودهاليز سمعه ،وتضغط على أعصابه :

قصف هنا وقتل هناك ... دمار هنا ودماء هناك ...
أنسجة عنكبوت تُحاك بأيدٍ سياسية ، والضحية دائما بنظرهم حشرات لا تستحق الحياة ...

من الصباح وهو يشتهي رغيف خبز ساخن ... وقد حلَّ المساء ولمّا يتناوله.

عائد من السوق ، قد أنهكه الركض طوال اليوم ، والجوع نال حتى من عزيمته ..
مرّ على المخبز واشترى الأرغفة الساخنة ...

- هاتِ يا زوجتي العشاء فالخبز ساخن ...

جاءته إشارة "واتساب " قرأ الخبر :

"ابن أخيك ذو العامين قد مات "

برد الرغيف الساخن ...
و الدموع أغشت الصورة حتى صارت سراب ، وامتزجت مع دقيق الرغيف

والمساء - ينسج سترة السواد - لم يكن خيرا من صباح مزَّق خيوط الشمس.

القلب ابتلع حسرة ، وقفت كالغصة في الحلق:

ماذنب طفل بريء أن يموت حزنا !

أن يكون الإنسان ظالما وقاسيا ، كقسوة الحجر !

أن يكون العالم لعبة بأيدي السياسة !

أن يكون الرغيف الساخن حلم أناس وأطفال جائعين !

ما ظنّ يوما أن يموت إنسان جوعا ، والأرض تغصُّ بالنِّعم ..

أن يموت طفل ألما ، والطفولة عنوان الفرح ...

*****

(عندما تبدو الحياة متوقفة)

مختبئةٌ بين طيّاتِ الحواري ، خجلةٌ ربمّا من خطوط الزمن ، فهي مزرعةُ نخيلٍ منهكة متعبة " أكل الدهر عليها وشرب " حتى ناءت أشجار النخيل الباسقة بأحمالها وتساقطتْ رُطبا أغرقتْ ما تحت ظلال النخل ، فجفّتْ ويبست الثمرات ولمَّا يلتقطها أحد ...
مررنا بجانبها صدفة ، ودخلناها هروبا من زحمة البشر ...

وكانت مهجورةً فيها ساحة رملية للألعاب ، ركض أطفالي إليها فإذ بها صدئة متآكلة ، والنمل بنى بيوته حولها ...
جلسنا على مقعد خشبي مهترئ - صنعتْ فيه عناصر الطبيعة ما صنعتْ - نشرب قهوتنا ، وأطفالي يصيحون : - ماما ! نملة هنا ، وهذه أخرى هنا ...
وكنا لا نسمع إلا صوتا أخافنا يشبه أصوات فأسٍ تقطع سُعف النخيل الجافة ، أو شخصا يجرجر أفنانا عارية ، وعبثا نبحث بأعيننا عن مصدر الصوت ، فاعتراني الخوف ، خاصة وأنا أسمع رجلا يمشي خلف أسوار المزرعة العتيقة وهو يتمتم مع نفسه بصوتٍ عالٍ ...
بسرعة هممنا بالخروج ولم نعد أدراجنا قطّ إلى تلك المزرعة الشبح ....

بعد شهور قليلة قال شريكي باسما:

- جهزي القهوة والشّاي ،سآخذكم إلى مكان ستتفاجؤون به ..

وانطلقت السيارة تتماهى عجلاتها بإسفلت الطرقات مقاومة بإصرار طاقة الاحتكاك .....

- مهلا عزيزي ! هذا درب تلك المزرعة المسكونة ! أرجوك لا نريد الدخول إليها ...

سكتَ وفي عينيه ابتسامة جميلة ، ثم همس:
- سنرى الآن ...

ولم أصدق عينيَّ أبدا !!!

سبحان الله ! تحولت تلك المزرعة بأشباحها وحشراتها وصدئ ألعابها إلى جنّة حقيقية ... إلى حديقة عامة منظَّمة ومرتبة ، فيها ممشى لرياضة المشي ..

أشجار النخيل الهرمة ارتفعت هامتها ، وعناقيد أزهارها ممشَّطة مربوطة بشرائطٍ ، كجدائلِ غجريةٍ صبيّة جميلة ، تهدلُ على سعفها يماماتٌ بنتْ أعشاشها ، وتغرّد عصافير الدّوري بين ثنايا ضفائرها وتنعقُ طيورُ "المَكْبَاي" بمناقيرها الصفراء في أَكَماتِها ،وارتصفتْ حول سيقان النخل أحواضٌ مزروعةٌ زهورا مختلفة الألوان ، يانعة كعيون صبايا في عمر الرّبيع ونشوته ...

وهنا أكماتٌ من حناء الأسيّجَة الخضراء ، فوق بساط من عشب أخضر غطى معظم المساحات ، وكسى المناطق العارية من جسد محبوبته بحرصٍ وتماهٍ ..

المقاعد المهترئة استُبدلتْ بطاولات ومقاعد خشبية جديدة فيها بريق ورائحة الخشب البني الجديد ،و ساحة الألعاب الرملية ، تعجّ بأراجيح جديدة و زحلوقاتٍ ملونة ، وألعاب جميلة ...

سبحان الله !
بوركت جهود من صمَّم وخطَّط ونفذّ ..

أصبحت جنّة مختلفة عن حدائق المدينة ، وفيها شيئ مميز ، لا أدري ربما هو التصميم الهادئ وقلة الزحام والنظافة ، واختباؤها عن الأنظار ...

صارت ملجأ لنا كل نهاية أسبوع .....

كنا نرى رجلا عجوزا في كل مرة نذهب فيها ، يأتي قبل كل صلاة بقليل ويتفقد المكان وأحيانا يرفع من الأرض عبوة فارغة ويرميها في المكان المخصص، ويرمي السلام ، ثم يذهب للصلاة في ذلك المسجد الذي يتكئ بظهره على أكتاف الحديقة ساترا إياها عن الأنظار ...

وشاءت الصدف أن يكلمه شريكي ذات مرة، فأخبره العجوز أنه من تبرَّع بالمزرعة إلى الحكومة ، وتبرَّع بالأموال لجعل المزرعة حديقة عامة ، وأنه من يدفع للعمال القائمين عليها ...

وأشار إلى أحد القصور حول الحديقة وقال :

"هذا قصري وهذي قصور أبنائي ، وعسى الله يجزيني خيرا على صنيعي "

دعونا للرجل بالبركة والخير ، واستمرينا في سبيلنا نذهب يوميا وشريكي للمشي في ذلك الممشى المرصوف بحجارة قرميدية ، تنفث الفخامة في المكان ... واستمرَّ روتين الأيام ...

وهاهي أقدامنا ، في كل صباح، تضرب الحجارة المرصوفة ، في سباق مع الرشاقة ، ومآقينا تلحظ :
أحد العمال يجزُّ العشب ، وذلك يشغِّل رشاشات الماء ، ويتكلم طويلا بجواله ..

الرجل العجوز يمشي بعكازه متفقدا جنّتهُ ، يلتقط من الأرض العبوات الفارغة ويرميها في الحاوية ...

هديل تلك اليمامة تنوح بنفس الرّتم دائما ...

العصافير تتسابق للاغتسال بماء الرشاشات والنقر من الأرض ...

كل شيء يتكرَّرُ بنفس الرّتم ، بنفس التوقيت ، فبدتْ الحياة متوقفة ......
وحتى عندما كانت الحديقة مزرعة مهجورة مسكونة ، كانت تبدو فيها الحياة متوقفة ...
و ننسى أنَّ الأمر يشبه كوننا على كرة تدور وتسبح في الفَلك الشاسع فلا نشعر بها ولا بدورانها وتبدو متوقفة ، إلا أنها في كل دورة تعدو يوما جديدا في العمر ، وترسم خطّا من خطوط الزمن في أجسادنا ...

وما زلنا نسمع ذلك الصوت الذي يبدو كطرق فأس في أفنان جافة ، لنكتشف أنه ليس سوى سعف النخيل المتدلية فوق وخارج أسوار الحديقة ،وكأنها تحاول الهروب ، تضربها الرياح بعمود الكهرباء الحديدي ، فتئنُ ذلك الأنين المخيف ...
ومهلا !!!!
مازالت الحياة تبدو متوقفة .....

*****

لوحة ذكرياتٍ شاحبة

أشعةُ الشمسِ تكنسُ ظلالَ ليلي ، وبخارُ قهوةِ الصباح يتكاثفُ غيوما غاسلا أضغاثَ أحلامي ، وأسمع صوتَ عجلات عربة بائعة التوت على حجارة الرصيف كطقطقةِ أغصانٍ متكسرةٍ جافةٍ في جوفِ نارٍ ذات لظى ...

أُطليتُ من شرفتي بلهفةٍ من قبضَ أخيرا على الذكريات بعد أن ذرتها رياح الشتاء الشمالية ،فبائعةُ التوت الصَّبيَّة تأتي في كلِّ ربيع، دافعة عربتها المُحمَّلة بالتوت ، لتبيعه عند تلك الزاوية ، وأصبح رؤيتها هناك من علامات قدوم الربيع ، وتلفتُ انتباهي بباقةٍ من ورد الجوري تزيّن بها العربة ، وبينها عرق من اللافندر البنفسجي ، تعطيه لآخر شخص يشتري منها التوت ، هديةَ امتنانٍ أنْ نفدتْ بضاعتها أخيرا ...

وكنت أتقصَّدُ أن أراقب من شرفتي حتى أنتهز الفرصة لشراء آخر كمية منها ، لأحظى بعرق اللافندر ...

في عروق يديها كدحُ شبابٍ صابر ، وفي ابتسامة عينيها الحزينة رسمٌ لن تعرفه ريشةُ " دافنشي " ، في لوحةِ صبيةٍ أشاخت كاهلها أحمال الزمن ، إلا أنّ ربيعَ الشباب أعطى وجنتيها حمرةَ التوتِ ونضارةَ اللافندر ....

إنها ثورةٌ من ثوراتِ الربيع ، كوابلٍ عاصفٍ في جنونِ يوم مشرق ، أو كثورة أشجار اللوز التي سُميَّتْ " بالمجنونة " لأنَّ أزهارها تتفتح قبل أن تورقَ أغصانها ،بيضاءُ بتلاتها مشوبة بضرباتِ ريشةٍ إلهيةٍ ورديَّةِ اللون ،تكتسي بها تلك الأفنانُ العارية ، بخلاف كل قريناتها من الأشجار ، ولا يهمها أن تُنعَتَ ب "المجنونة " ، فهي برغم كل شيء فخورة بتميُّزٍ حباه خالقها لها...

وأحيانا يكاد يتناهى لسمعي قهقهاتُ شجرةِ اللّوز متحديةً بسخرية : " أنا عروس البستان ، بثوبٍ أبيض كالثلج ، وأنتن وريقات خضراء صغيرة "

ولا أدري إن حقدتْ عليها جارتها الشجرات اللواتي اكتسين بتبرعماتِ الوريقات الخضراء ، أم اكتفين بهزّ أكتافهن بلا مبالاة، وهنَّ يتمتمن : " مجنونة " ...

مرّ ربيعٌ وربيع ...
شرفتي العتيقة سكنها الغرباء ، و غيومُ بخارٍ قهوتي انقشعتْ أو ربما أمطرتْ منذ زمن بعيد ، وبائعةُ التوت لم تعد تقف هناك بحمرة وجنتيها ولا بباقة الجوريات المميزة بعرق اللافندر ، وأشجار اللوز المجنونة تقلّصتْ مساحاتُ زراعتها حتى نأتْ بعيدا حول البيوت ، كتكوّر خائفٍ في زاوية ، بل ويكاد يمحى وطنٌ كامل بممحاة حرب لا ترحم بشرا أو حجرا...

هو الزمن، تمرّ فيه الأيّام ، وتهوي لينة الناب ، بعد أن افترست ما افترست من نضارة الجسد ، وثورة الروح ، وعصبونات الدماغ وعصارة الفكر ... فإن كنتَ صالحا كان الفائز أنتْ ، وإن كنتَ طالحا كان الفائز الشيطان ...

و برغم شحوب اللوحات مازلتُ أشتمّ رائحة اللافندر ، وأسمعُ قهقهةَ أشجار اللوز المجنونة ، كأنَّها سرابٌ في حضن الظهيرة ، رسمته خيوط الشمس على ذلك الطريق الإسفلتي ، الذي مهما تشعب وطال، فهو في جهة واحدة : " من المهد إلى اللَّحد " ومحطاتُه أعمالنُا الصالحة وذكرياتٌ جميلة جمعناها بأيدينا الصغيرة كزهراتٍ ملونة ، حتى لو ذبلت تبقى زهورا ...

هي ذكرياتنا الشاحبة ، كلوحةِ بائعةِ التوت ، وزهرِ اللوز ، بريشةِ الزمن ....

*****

جسور نحوّ الحياة

تُمزِّقُ أشعةُ الشّمس بخفةٍ وهدوء سترةَ اللّيل الحالكة ، لكنها تُخفِقُ في إضاءة بريقِ عيون صبايا بمختلفِ الألوان ، ناعسة باردة ارتسمتْ فيها نظراتُ ملل الانتظار ، انتظمتْ لفترةٍ في طوابير مزدحمة لمحاولة الحصول على غرفة في المدينة الجامعية ، ثم سادتْ العشوائية واختراق النظام بواسطاتٍ مَنصِبِيّة تُحضِرْنَها بعض الفتيات ...

و لليوم الثالث على التّوالي تصافح وجناتنا خيوط الفجر الفضيّة التي نسجت سويعات يوم جديد ، فنزدحم ونتموَّج كحجيج في مكاننا ، ونتسائل عن سبب هذه الأزمةِ هذا العام ، والعيون ناعسة والنفوس أنهكتها سلبية الانتظار والانتهاك ...

أخيرا أخذنا طلباتنا والموافقة بعد جهد جهيد ، وهرعنا إلى الوحدة السّكنية الرابعة عشر ، للحصول على الغرفة المُنتَظَرة ....
ولم نكد نتنفّس الصّعداء حتى صدمتنا من جديد رؤية فتياتٍ مزدحمات عند مدخل غرفة المشرفة ....
وعُدنا ليحرقنا الانتظار بصقيعه...

وزاد يومي إحباطا وغضبا رؤية حارسٍ أبرص تكاد لا تظهر ملامحه من شدة البياض والبَرَص ، يقف عند باب المشرفة ، وقد استغل نظرات الشفقة له ، فيمدُّ يدهُ ويتلمّس ظهر وأكتاف كل فتاة يأتي دورها وتدخل للمشرفة ....

وبعد وقت بدا فيه الزمن ثقيلا رتيبا وخاليا من الحياة رغم الازدحام والضجيج والغضب ، جاء دورنا أنا وصديقتي ...

دخلتُ بشكلٍ جانبي من الباب حتى لا يلمسني الحارس الأبرص وقلت له بلهجة حازمة :

- لا تلمسني أستطيع الدخول وحدي ...

وكانت صفعة صدمةٍ أخرى في غرفة المشرفة ، لم يتبقَ إلا جناح الغرف المُطِلَّة على وحدات الشُّبّان ، وهذا يعني ستارة سوداء سميكة مُسدلة ل 24 ساعة ....

وقالت المشرفة بابتسامة لا تفارق ثغرها :

- بإمكانكم أخذ الغرفة 604 هي الوحيدة غير المُطلة على وحدات الشُّبان ، لم يأخذها أحد لأنها في الطابق السادس وتحت خزانات المياه ...

فتوكلنا واخترناها لأنهّا أحلى الأمرَّين ...

صعدنا الطابق السّادس وقد أنهكنا التّعب والانتظار ، لنُفاجئَ ونُصدم أيضا بغرفةٍ سقفها أسود مقشور بِفعلِ رطوبة خزانات المياه فوقها وخيوط ارتشاح بنية انسدلت من السّقف على الجدران كعروق جثّة يابسة ...

حملنا بخيبةٍ أغطية الأسِرَّةِ والوسادات لغسلها ، والبطانيات المتسخة التي تبدو كأغطية العسكر ، ونزلنا الأدراج مطأطئي الرؤوس ...

أبو صديقتي يسألنا : - هاه كيف الغرفة الجديدة ؟!!!

هي تقول : - جيدة يا أبي ...

لم نرد أن نتذَّمر بعد صدمات يوم طويل وخيبة الغرفة 604 ...

وفي الباصّ الذي بدأ يشقُّ طريق بلدتنا متماهيا مع الهواء والإسفلت والزمن وأفكاري ، همستُ لصديقتي :

- عند أبي غرفة فيها علبة طلاء بيج وفراشي للدهان ، ما رأيك أن أحضرها لنطلي سقف الغرفة ؟؟ ونغطي الجدران بورق جدران جميل وجديد ونتقاسم التكاليف من مصروفنا ؟؟

ارتسمت في عينيها ابتسامة الأمل وهمست :

- عند أمي ستارة جميلة بيضاء موشاة بوريقاتِ نبات الفَصَّة الثلاثية الخضراء، سأحضرها !!!

دبَّتْ الحياة من جديد في أطرافنا بعد أن خدَّرتها إبرُ الصدماتِ الشائكة المتوالية هذا اليوم ...

و بريشةِ فكرةٍ رسمنا أملا في الأفق وقوسَ المطر ، فعُدنا نحمل أغراضنا ومؤونتنا ، ونظفنا الغرفة بهمَّة ، وبدأتُ بطليّ السّقف وأنا أدندن أنشودة جميلة ، وكانت تمرُّ طالبات السّكن وهُنَّ مستغربات ثم يثنين على صوتي وعلى عملنا ، ويهرعن لغرفهن ، ومنهن من تستنكر :

- لِمَ تطلين الغرفة وتبذلين الجهد والوقت والمال ، إنها ليست لكما وستسكنها فتاتان غيركما العام القادم ؟؟

- أطليها يا عزيزتي لأننا سوف نسكن فيها عاما دراسيّا كاملا ، نأكل وننام وندرس ، إنها كوطن صغير مؤقت أريده نظيفا جميلا مريحا للنفس والفكر، لا زنزانة سوداء مقيتة ....

بعد الانتهاء من طلاء السّقف الأسود ، كانت النتيجة مذهلة لدرجة جعلتنا نضحك على رذاذ الدهان الذي ملأ وجهي وشعري ويديَّ ، ونسيتُ ألم رقبتي من كثرة رفع رأسي وأنا أستخدم الفرشاة ....

بدأنا بتغطية الجدران بورق جميل فيه تعريقات فُستقية تناسب لون الستارة ....

الغرفة كانت بأبعاد حوالي مترين ونصفX 3 م ، فيها سريران على الجانبين ، وفي الصدر نافذة ، وعلى طرفي النافذة وعند أقدام كل سرير توجد مكتبة على شكل رفوف معها طاولة وكرسي للدراسة ، وملتصقة بالجدار ، وعند رأس كل سرير توجد خزانة فيها رفوف لوضع المؤونة ، وخزانة صغيرة من بابين ، للملابس ومغسلة ...
غلّفنا المكتبتين بورق الجدران ، وكذلك الطّاولة وغطيناها بجلد شفاف حتى لا يتمزّق الورق أو يترطَّب ...

وبعد يوميّ عمل متعب ، وضعنا البطانيات المغسولة في الخزانة ، وغطينا الأسرَّة ببطانيات جديدة من منزلنا تتماهى مع لون الغرفة ، وعلقنا ثيابنا ورتَّبنا مؤونتنا على الرّفوف الموضوعة وراء الباب وعند المغسلة ...

أسدلنا السّتارة الجميلة ووقفنا على الشُّباك نراقب أشجار "الكينا " أو ما يعرف باللاتينية ب" الأوكاليبتوس" أي المغطاة تماما ، نظرا لشكل الثمرة فيها ، والتي ملأت المكان خلف الوحدة السكنية ، وهي أشجار دائمة الخضرة قد يصل ارتفاعها إلى 60 م لدرجة إذا مددتُ يدي من نافذة غرفتي في الطابق السّادس أستطيع لمس أوراقها زيتونية اللّون ...

الغربان السوداء بنت أعشاشها بين أغصانها ، وجاورتها اليّمامات البرية ، فكنا نسمع نعيق الغربان ممزوجا مع هديل اليمامات يصل لأذاننا لحنا غريبا جميلا بقيثارة أُمِّنا الطبيعة ومختلطا مع رائحة أوراق الكينا العتيقة التي تنفث أجواء الغابة في رئة المَدنيَّة والحضارة ....

وأشرتُ بيدي إلى غراب بطنه أبيض وجناحاه سوداوان ، وقلت لصديقتي :

- هذا الغراب ذكر ، والأنثى تكون سوداء كاملة ...

ضحكت صديقتي واستغربت : - لماذا ؟!!

- حتى يجذب الأنثى ، فأغلب ذكور الحيوانات والطيور بعكس البشر ، تكون أجمل لجذب الإناث ...

قالت مازحة :

- الحمد لله لم نأخذ الغرفة المُطلة على وحدات الشبان وإلا لما استطاعوا إغراءنا بدون بطون بيضاء ...

ضحكنا بفرحة فتاتين مشاكستين لبرهة ، أنجزتا للتوِ شيئا عظيما ، وحولتَا لعنة الغرفة 604 إلى نعمةِ عشّ جميل نظيف على مشارف أشجار الكينا الباسقة ...

فالغرفة بدت كعلبة الكبريت الجميلة المُغلَّفة ، والسقف بدا لامعا نظيفا جديدا ، لدرجة أني نمتُ وأنا أحدِّق فيه ، وبجانبي دُبِّي المحشو الوردي الكبير الحجم ، وقع على الأرض كعادتي في كل ليلة أحضنه وعندما أغطُّ في النوم يسقط بجانب السّرير ...

ما أجمل أن نحوّل ما قد يبدو مستحيلا إلى حقيقة جميلة ! أو نمتصّ الخيبات المتوالية ونحولها في مجرى الدّم إلى دَفَعَاتٍ إيجابية لقلوبنا المُنهَكَة ، فبعض

دروب الحياة قد تبدو مسدودة أو شائكة ، جميل أن نَرْصِفَها - لنا ولمن يأتي بعدنا - ونحن نمشي في تَعرُّجاتها ، ولا نتوقف عند الحُفر فيها ، بإمكاننا تجاوزها بقفزة أو بجسر نبنيه فوقها للعبور ، فحياةٌ حَبَانَا خالقنُا بها حَريٌّ بنا الكفاحَ من أجلها لأنّها نعمة جميلة ...

*****

"نائم على رمال الشاطئ "

(مستوحاة من صورة الطفل السوري الغريق آيلان)

ظلالٌ مبهمةٌ تتراءى أمام عينيه فتمرُّ مسرعة في جنح الظلام ، ولا يسمع إلا لهاث والديه وتكسُّرِالأعواد اليابسة التي تدوسها الأقدامُ الهاربة من أشباح الموت ، وبحدقةٍ متوسِّعة مذهولة ، وبلسان صغير لا يعرف نطق مخزون الكلمات في مخه البريء ذو الثلاث سنوات ، يتسائل مشدوها بصمت :

" إلى أين يا أبي تحملني راكضا لاهثا ؟؟

لماذا يا أمي نزحف بين الأسوار والشجر منذ أيام ، ونهرب تتكسَّر تحتنا الأغصان ؟؟

لماذا يا أبي نركب بخوفٍ هذا المركب المزدحم في خضم البحار ؟؟"

لو فهموا تساؤلاته لأجابوه :

" نهرب من وطن أطبق عليه وحش الحرب الكاسر بكماشة كرسيٍّ وإرهاب

نهرب من براميل الموت التي تمطرنا كل يوم ، ونخاف أن تقع على رؤوسنا يا صغيري نهرب ببساطة من الموت الذي أباحه الظالم لنفسه أنه عقاب لكلمة خرجت من أفواهنا ..."

- إذا أمّي أنا جائع ونعسان ، أنهكني الهرب وهذي الظلال !

أريد أن أستظل بتينة جدي وألعب بتلك الدمية التي تركناها هناك !

- لا بأس يا صغيري سنصل إلى بلاد الأحلام ، سيعطوننا اللجوء وجواز سفر وجنسية ، وعندها ستنفتح لك الدروب والآفاق ، حتى لو كانت تلك بلاد الكفار !

- لكني يا أمّي مُتعبٌ و نعسان !

- لا بأس يا صغيري ، أغمض جفنيك ونام !

وقف بعض ركاب المركب المزدحم فجأة ، واختل التوازن في مركب اللجوء إلى شبح وطن جديد ، وسقط الطفل من بين ذراعي والده وأمه كسمكةٍ زَلِقةٍ ، ابتلعته أمواج البحر في عقر الظلام ...

هاهي أنوار السَّحَر تداعب رمال الشاطئ االتي تحضن وجهه ويديه الصغيرتين ، وأمواج البحر تربتُ على أكتافه وتدندن له أنشودة النوم الأبدي ...

لقد أغلق أجفانه ونام، وعلى لسانه وشفتيه تتهجئ ببطء حروف من كلمات مخزون شحيح ، لم يستطع إيصالها لوالديه ولا للعالم ...

فشكرا لك أيها البحر !

لمْ تبتلعه أعماقك المظلمة ولم تأكله أسماكك الجائعة ، و لفظتَه على شاطئ النور ليراه كل العالم النائم ، وكنتَ أرحم من والديه !

على شفتيه الصغيرتين تيبستْ كلمات :

- لم يا أبي هربتَ بي من الموت إلى الموت ؟؟ أليس الموت مصيرنا المحتوم ؟؟

العالم كالعادة شاهد صورة الطفل الغريق مرميًّا بصمت ، وبكى بصمت ، وتأثَّر بصمت ، وفي النهاية اتضح أن مخزون الطفل من الكلمات في مخه الصغير البريء ، أكبر بكثير من مخزون كلمات العالم الصامت في المخ الماديّ الشّيطاني الخالي من الإنسانية ، وتُردِيه السياسة القذرة صريعا في طميِّ النوايا الخبيثة ...

*****

أناسٌ طيبون

كان الاتصال دائما يأتي بخط مشغول أو لا رنين ، وكلما حاولت الاتصال فيها يصفعني الأثير بانعدام الجواب ....

هي من أناس طيبين تعرَّفتُ عليها ذات يوم ، وكانت جارتي في مدينة كانت يوما ابنة الوليد ...

منذ ثلاث سنوات وأنا أحاول الاتصال بها ، و خطها لا يجيب ...

أذكر آخر مرة قالت لي عبر اهتزازات الأثير :
" - ادعي لنا يا مؤيدة ... بيتنا قد دُمِّر ، وزوج أختي قد استشهد وترك لها طفلا صغيرا ..
كثير من شبابنا قد اعتُقلوا .. وأنا الآن خارج المدينة ، في قرية زوجي ..."

دعوتُ لها ، ودعوت لسوريا ..
ودعوتُ لوطنٍ كان أمي فضاع مني ، وكم أرجو الله تعالى ألا يضيع من أطفالي وأحفادي ...

ومنذ فترة بسيطة ، كنت أبحث عن أحبّةٍ وأناسٍ طيبين في قائمة جوالي ، لأرسل لهم التهاني بحلول رمضان المبارك ،لأجدَ بجانب رقمها أنها تستخدم "الواتس أب " حديثا ، وآخر دخول لها منذ لحظات ، ورأيتُ بجانب رقمها صورةَ شابٍ صغيرة - لم أتبيَّنها جيدا - يحمل سلاحا ، وظننت أنه ربما أحد من عائلتها قد استشهد مع شباب الوطن ،ولهفتي للاستماع لصوتها والاطمئنان عليها كانت عارمة ، فاتصلتُ بسرعة ، ولكن كالعادة صفعني الأثير بالصمت ...

فأرسلتُ لها هذه الرسالة على الواتس أب :

" السلام عليكم ..

أتمنى أن تكوني بخير حال أنت والأولاد يا آمنة

فرحت كتير لما شفت عندك واتس أب

اتصلت بك من شوي ولم يعلق الخط أبدا

طمنيني عنك

وكل عام وأنت بخير

جارتك أم علاء "

وبعد لحظات تفاجأت بكلماتٍ مبهمة بينها فواصل، لم أدرِ أهي استغراب من لهجتي أم استهزاء :
" شوي ،
كل ، عام ،
انتي ، ابعتيلي ، وحدات ، وأنا ، أتصل، عليكي ،
وأطمنك ،عني ، "

أثلجتْ أناملي ، وأفكارٌ مخيفة عصفتْ برأسي ، وانقبضَ وضاقَ صدري ، ونبضٌ خفتَ حتى كاد أن يختفي ...

مستحيل أن تكون تلك جارتي آمنة !!!

هنا أظهرتُ صورةَ الشاب ، لتبدو بوضوح :

شاب في العشرينات يرتدي بزَّةَ الجيش ويحمل رشاشا ..

وصارت مخيلتي وحشا أوربما ماردا ، ابتعلتْ كلَّ أفكاري وهاجت بصور الدمار الذي لحق بالمدينة ، بفيديوهات التعذيب التي شاهدتها من أول الثورة ، وبإمكانية أن يكون هذا الشخص قد عذَّب "آمنة " واغتنم جوالها .....

وبات وجهها الذي طالما عرفته باسما بسمرته الجميلة وتلك النظرة الغارقة في الحياة ، يصرخ ويئن ويستنجد بالله ...

حاولت أن أمدَّ يدي إلى بطن الوحش لأخرج "آمنة " وأنقذها ... ولكن ....

بتُّ الليل وطيف "آمنة " يُسامرني ، بلحظاتٍ تعرفي عليها - أنا الغريبة عن مدينتها وهي أول جارة أتعرف عليها منذ زواجي - بذكرياتٍ جميلة جمعتنا معا، بدعواتي لها أن يرزقها الله الذريّة الصالحة ، بابتسامتها ، ببساطتها ، .....
ودعوتُ الله ألا تكون آخر ذكرياتي معها هي وجه ذلك الشاب ، والخوف الذي يسكنني ، والرُّعب الذي زرعتهُ مخيلتي الوحش في عينيّ " آمنة " ...

في كلِّ محطة من محطات حياتي ، قابلت أناسا طيبين وإن كانوا قِلة - ومن خصالي الحميدة أني لا أنسى الأناس الطيبين.. ..أحاول دائما الاطمئنان عليهم والسؤال عنهم

....

ومهلا ربما اختلطت علينا المفاهيم ، فالطيبون هم من يحبونك لشخصك ، وليس لمصلحة ما ، وتحبهم كما هم إن كانوا بسطاء أو مُعقَّدين ..

وكلّ ما أرجوه أن تكون " آمنة " و عائلتها بخير ...

*****

خشخشةُ تساؤلات

تسبح الكواكبُ حول الشمس بلا بللٍ في بحرٍ بلا ماء في فضاء الكون بدقةٍ متناهية راسمةً مدارات اهليليجية ، معطيةً الفصول والأيام والزمن ، فنتفكَّر بعظمة الخالقِ حين نراقبها ...

و كما تتجلَّى عظمته في أجرامَ ضخمة وكون شاسع فإنها تكمن في أشياء متناهية في الصّغر حبانا بها خالقنا ، تجعلنا نتسمَّرُ في المكان من عظمة قدرته التي وضعها في أبسط وأصغر الأشياء أو الكائنات ، كذرةٍ لا تُرى تدور حول نواتها الكترونات ذات طاقة هائلة مُحاكِيةً بذات الوقت فكرة الفضاء ودوران الكواكب حول الشمس ، أو في عيونٌ صغيرة يترقرقُ داخلها كموجِ البحر عالمٌ آخر ، تتكسَّر موجاته على صخور أجفاننا مُبعثِرَةً فُتَاتَ مشاعرنا تارةً ، وتارةً جارفةً إياها إلى الأعماق ....

جاءني يتلعثمُ بالكلمات المتسائلة التي تتسابق من دماغه إلى شفتيه الورديتين، فتتكسّرُ أمام اتساع الفكرة ، وتبرقُ عيناه البريئتان ثمَّ تتسع حدقته الطفولية وهو يقول مختصرا تساؤلاته :

- ماما !! لماذا أجمل شيء في الناس عيونهم !!

فاجأني سؤاله الذكي وحاولت أن أفكر بإجابة تتناسب مع عمره ذي الخمس سنوات ...
فقلت له :

- لأن الله خلق لنا العيون كالنافذة شفافة ، نرى من خلالها مشاعر الشخص إن كان حزينا أو فرحا ، طيبا أو شريرا ...

اكتفى برمشة عينٍ وبقول :

- إممممممم فهمتْ ....

لا أدري إن كانت إجابتي لصغيري كافية له ، أو حتى لي ...

لا أدري إن كانت العيون فعلا أجمل ما في البشر ! وإن كانت نافذة للروح ومكنونات النفس البشرية !

فالبعض يُسْدِل ستارة على نافذة عيونه ، ليترك التكهنات لنا بمعرفة مكنونات نفسه ...
أو يُلبِسُ عيناه قناعا وربما عدسات ملونة ليواري حقيقة لا يريد أن يعرفها أحد ...

وبعضهم ذوو عيون زاهدة ناعسة ، لا نقرأ منها شيئا ، إلا أنها غطاء لبركانٍ سيثور في أيّ لحظة ...

فالعيون بقدر ما هي مرآة شفافة لكنها قد تعطي انعكاسا غير حقيقي الأبعاد للذات ، ويتطلب منا أن نكون أذكياء لمقارنة هذه الأبعاد مع الحقيقة ...

قهقرتني ذكرياتي عن العيون ، لذلك اليوم الذي لا أنساه ، فيه اختبرت شعورا غريبا لأول مرة ...
حيث شاهدتُها مصادفة على أدراج الوحدة السكنية الجامعية ...

هي فتاةٌ رأيتها مرارا وتكرارا ، كانت طيبة وناعمة ، بعينين خضراوتين صغيرتي الحجم ، تحميها كأمٍّ رؤوم جفونٌ ناعسةٌ انبثقت من أطرافها أهدابٌ طويلة مفتولة ، وكانت رفيقة صديقتي ، إلا أننا دائما كنا نتجاذب أطراف الحديث معا ...

في ذلك اليوم كانت تضع بعضا من الماسكارا على أهدابها وعيناها تنبض بالحياة وببريق غريب أسرني، يشبه انكسار ضوء الطيف في ذرات ندى قبَّلتْ ثغور وريقاتِ زهرة ، فانعكست قوسا من ألوان شتى ساحرة لم تماهِهِ ريشة وألوان أشهر الرسامين ، فأشعلتْ تلك اللوحة فيَّ شعورا غريبا كغيرة فنان أراد السَّبق بأن تحظى ريشته بهذا الجمال ، لدرجة أنّي تسمَّرتُ مكاني أراقب ذلك العالم الذي يتموّج في عينيها كثورةٍ رغم قيد المساحة إلا أنها ثار ت بصمتٍ جارف ....

شعرتْ الفتاةُ بالغرابة مني ، وتفحَصَّتْنِي عيناها لمعرفة ما يجري ....

صعدتُ الدرجات الكثيرة أجرُّ أقدامي بثقلِ ندمٍ وسلاسلَ من قيدِ مشاعر متعاركة تملَّكَتْنِي لأوّل مرّة ، فلُمْتُ نفسي ، وتمنيت أنها لم تلحظ تلك البلاهة والتلَّبُكَ الذي اجتاحني ولم تعرف تفسيرها من شُبَّاك عيوني المُشرَع ، أو لم تسمع خشخشةَ زرد ِسلاسلِ قيد التساؤلات التي تجاذَبَتني حتى شتَّتتني وبعثرتني ، عن ماهية هذا العالم المُسمَّى "عيون " ، عن تماهي ريشة الخالق في ألوان الطيف البشرية ، حتى خلق تلك اللوحات الفنية العظيمة ، فنقف متسمرين نراقب العظمة في كائن صغير جدا لكنه يتسع عالَما كاملا ...

فهل العيون فعلا عالم آخر بحد ذاته لكنه يوازي عالم النفس البشرية !

أم مجرد انعكاس لذواتنا وكهوف أعماقنا ،نضيئها تارة وتارة نتركها غارقة في الظلام !

وهاهو طفلي الصغير يبتسم كبراعم وردة ، وهو يهمسُ محاولا استيعابَ غرابةِ الفكرة :

- ماما ! في عينيكِ أنا !!

*****

رفرفة جناحيّ عصفور

أحيانا نفتح أجفاننا لنجد أن ضباب الصبح يلفنا حاجبا الرؤية عن دروبنا ، ونحن

نجهل أن الأمر قد يحتاج فقط إلى زفرة رئة أو حتى رفة جناحيّ عصفور صغير ليقشع الضباب ...

بدت متعبة مرهقة من روتين الأيام ومن مهامها اليومية التي بدت لها كنفثات تنين أسطوريّ يرهقها ويخنقها بالدُّخان ، فالبيتُ غارق في الفوضى بعد خروج أطفالها للمدرسة ...

الأشياء متناثرة ... والعشوائية كأنها ضباب يواري معالم المكان ...

"من أين تبدأ ؟"

جلست على حافة السرير وهي تقاتل بسيف ضميرها رغبتها بالخلود بين طيات اللّحاف ...

انتظرت حتى تنتهي المعركة ... وكالعادة تغلّب ضميرها ..

فقرَّرت أن تبدأ بالأسهل فالأصعب ..

بدأت بترتيب سريرها ، وهي تدحر آخر رغبة لها في الارتماء بأحضانه ،ثم توجهت لغرف صغارها ، رتَّبت الأسرَّة ثم جمعت الألعاب المتناثرة ،وملابس النوم المُبعثرة ..

إلى غرفة المعيشة وجهتها التالية ...

جمعت أكواب الحليب وأطباق الفطور لغسلها ...

كنست المنزل ... مسحت الأرضية .. أخرجت اللحم من الثلاجة ، وقطَّعت الخضار ...

روت نبتتها الوحيدة اليتيمة التي تُشعرها بأنه ما زال في الحياة اخضرار ،وألقت التحية على جارتها اليمامة التي لم تُعدم الوسيلة ، فبنت عشها على حافة نافذة مطبخ الجيران المغلق ، وقاومت زحف المدنيّة بطريقتها ..

جالت عيناها في أنحاء المنزل لوهلة وشعرت بالفخر ، وبأنها فازت في معركة البقاء ، وأقشعت الضباب ودخان التنين الأسطوري ..

فتحت النوافذ وهي تبتسم :

- لنرى من هو الأسطوريّ !

حان وقت فنجان قهوة به تعدل مزاجها وتكافئ نفسها على إنجاز مهامها في ساعتين فقط ، وربما تمارس هواية قديمة نسيتها بين ثنيات رفوف المطبخ ...

وضعت الماء في الدَّلة ، وأمسكت الولاعة لتشعل النار ...

لكن .... أطفأت النار ... جرَّت أقدامها إلى السرير ، ضبطت المنبه ، وعانقت النوم ....

هاهم أطفالها يعودون بخير ،يصيحون : ماما !!

يجدون كل شيء في مكانه والغداء جاهز ...

لم يعرفوا كم فقدت و ناضلت أمهم ليكون !!

وتبدأ رحلة مهام جديدة ليوم لمّا ينته بعد ، وكأن الأربع والعشرين ساعة لن تنفضَّ أبدا ، إلا أن المفاجأة أنَّها كانت أيّاما وأيّام مرّتْ عقود ، وآساها أن تراهم يبتسمون ، يمارسون طفولتهم كما يجب أن يكون ، ويصيحون " ماما " تلك الكلمة التي تبدو كجناحيّ عصفور تحلق بها في سماء القلب والفكر ،رفرفاتها تقشع ضباب الهمّ والغمّ ..

فالحمد لله دائما و أبدا ...

*****

في ذات خريف

تهدلُ... تنوح ... تهمس أو تصرخ لا فرق ...
ففي كل مرة تسمع فيها هديل هذه اليمامة تحتار في تفسير نغمات أوتارها ... أتنوح ؟! تدندن ؟!
لا تدري حقا تلك الزيزفونة العتيقة ، الضاربة جذورها كشرايين القلب في جسد التراب ، حتى أضحى جزء منها ....
يمامات كثيرة بنت أعشاشها في تفرعاتها بين وريقاتها وعلى أفنانها المُثقلة ، لكن لتلك اليمامة شأن خاص ...

صوتها فيه شجن كنغمة نايٍّ مبحوح ، وهناك شيء غريب في مظهرها ، حاولت شجرة الزيزفون اكتشافه ، فبدا جليا لها ريشات خضراء زيتونية تطوّقِ جيد اليمامة كعقد ثمين حباه الخالق لها ...
وعيونها ناعسة ، ربما من أحمال الزمن الذي لا يُثقل الكاهل فحسب ، بل حتى العيون ، فتبدو ناعسة متعبة ، مرهقة ...

تجرَّأت شجرة الزيزفون ذاك الخريف وهي تراقب نظرات اليمامة القلقة وتصغي لهديلها الذي بدا لها نغمات نواحٍ خائف ،وهمست لها

- ما الذي يحزنك يا صديقتي ؟!

انتاب اليمامة ذعر لوهلة ، ثم اطمأنت لهمس الزيزفونة ، فقالت :

- حزينة أن حلّ الخريف .... ستنفضين أوراقك النحاسية عما قريب ، وسينكشف عشي ، ويبرد صغاري ،أين سأرحل وقد بتِّ موطني منذ الربيع ؟!

- لا تخافي ! سأظللك بأفرعي فهي كما ترين وفيرة ...

لم تهاجر اليمامة حاولت تدفئة صغارها بريشاتها، وتكوّرت على نفسها لتدفئ فراخها بحرارة الدّم الذي يجري في شراينها وأوردتها ضاخًّا الحياة والنبض في قلوبهم ، والزيزفونة مالت بأفرعها العارية ثم تشابكت لتحميها من سهام رياح الشمال القارصة فتحتكُّ في كل مرة تضربها الريح لتصدر صوتا أشبه بطقطقة حطب النيران ، يوحي لليمامة بالدفء والطمأنينة ...

ومنذ ذاك الخريف كان عهد جميل فريد بين اليمامة والزيزفونة ، فيه تعاهدتا أن تكافحا معا من أجل الحياة ....

*****

" مهداة إلى يمامتي نسرين "

حلم في اليقظة

ها هو أيلول يرفل بثوب ذهبيّ من أشعة الشمس ، ويزيّن ناصيته بإكليل من وريقات الخريف البرتقالية ، ويزفر أنفاسا من رياح الشمال القارسة ، توشح سماءه بغيوم حُبلى بودقٍ وابل ، و سنونووات مهاجرة سوداء موشاة بطونها بالأبيض ، فتجتمع الأضداد ، ما بين حرارة وبرودة ، جفاف ورطوبة ، هجرة واستيطان ..
ونتوه في دوامة التعب ، فأجسادنا الصغيرة لا تتحمل تضاد الكون الفسيح ...
كيف نتصالح مع الحزن حتى نصل للسعادة !!!
أليس الإنسان بمخلوق غريب !!
هل تشعر باقي المخلوقات بما نشعر ؟!!

كان يوما مزدحما بالحوادث المهمة ، لكني كنت كمن يحلم ...

أشعر بأن البشر أطياف تعبر ...أتحدث معهم وأنا لا أرى وجوههم ...أسمع أصواتهم فتبدو كأنها صدى بعيد آتٍ من حلم عابر ...أمشي وأنا لا أشعر بقدميّ تمشيان ، وتمرُّني ظلال البشر مسرعة كأشباح ... أكاد أرى ابتسامة على ثغري وأنا لا أشعر بها .....
مع ذلك راحة غريبة تسكن قلبي وصدري ..

كم كان شعورا غريبا أن تقضي يوما كاملا وأنتَ تشعر أنك في حلم !!!
حلم في اليقظة استمرّ يوما وليلة ونيف ، كنتُ فيه كعابر سبيل انتعل دربا لا يدري وجهتها وهو حافي القدمين ...

ومن لُجّة ضباب الحلم ، أمدّ يدي و أُأرجحها في الأثير ، لعلي أكتشف هل هذه حقيقة أم أحلام !

روادتني أفكار متضاربة كأمواج عصفت بها رياح من جهات مختلفة :
هل الحياة الدنيا حلم نعيشه ونحن لا ندري !
أم أننا حلم من أحلام الحياة ،البعض منا رؤى جميلة التأويل ،والبعض كأنه كابوس يؤرق عيون السماء ...

وأعود لأسكب قهوتي السوداء فتتلوّى في فنجاني الأبيض جامعة التضاد مرة أخرى ، علّها تبدّد أضغاث أحلامي المؤرِّقة التي أثقلت أجفاني المعلقة بغيوم حُبلى ، تمخضّتْ ذات يوم فولدت واقعا قاسيا ....
وريشتي المُنهكة التي غزا الشيب شعيراتها فطعنت في العمر ، ما زالت ترسم بالأزرق سماء الغد الواعدة ...
وفي انكسارات الضوء في الحبات المنهمرة ، ترسم قوس المطر بألوانه السبعة ...
في كلّ لون قصة وحكاية ، موشاة بأحلام أزليّة أبديّة بالسلم والأمان وإرادة التغيير ...
أشكرك إلهي وأحمدك ...

*****

مَرسى على الشاطئ الأخير

تُحيكُ الشمسُ برفق وإتقان أولى أشعتها الفضية في الدقائق البِكر من فجر يوم جديد ، وكأن هذا الشعاع الخافت الذي بدا كشعاع شمعة صغيرة في حلكة الليل ، منبه ساعة رنّان أيقظ كل العصافير التي بنت عشرات الأعشاش الصغيرة في مَنْور منزلها الجديد ، الذي يبدو أن المقاول المسؤول نسيّ أو تناسى إكساءه ، وتركه حجارة مصطفة فوق بعضها بفجوات ومفاصل كانت وطنا لعشرات العصافير ...

ما إن يبزغ أول شعاع حتى تتعالى زقزقة العصافير كهجوم جحافل جيش جرَّار ..

وكانت تذعر من انطلاقة الزقزقة الأولى فتجفل من نومها ، وتحاول سد أذنيها بوسادتها لتستعيد غيبوبة نومها العنيد ، لكن عبثا ....

مازحتها أمها عندما اشتكت لها :

- كل هذه الرومانسية والرقة فيك وتكرهين صوت العصافير !!!!

لا تدري حقا ربما لأنها تعاني من الأرق ، و زقزقة العصافير تزيد الطينة بِلَّة ...

غير أنها اعتادت أصوات الباعة الجواليين والدرجات النارية وضجيج أولاد الجيران ، ولم تعتد أصوات العصافير ، وعبثا حاولت فك الشيفرة ، فأحداث ومشاعر كثيرة تمرُّنا في دروب حياتنا ولا نعرف لها تفسيرا قط ، أو ربما نحتفظ به في عقلنا الباطن خائفين أن نفتح صندوق "باندورا " الإغريقي الأسطوري ، كمحاولتها أيضا أن تفسر شعورها الغريب عند وجود أمها عندها زائرة في بيتها ، وعبثا تمنت ألا تتكلف بتعاملها مع أمها كضيفة غريبة ....

وكانت والدتها تحاول أن تكون مفيدة فتعرض المساعدة أو تتصل بها لتوقظها في كل صباح على موعد مدرسة الأولاد ، لكنها تجدها مستيقظة ...

رويدا رويدا لم تعد تتصل ...

ورويدا رويدا لم تعد تعرض المساعدة عندما تزورها ...

ورويدا رويدا لاحظت خبوت الضيّ في عيون والدتها ، وإنطفاء شعلة حماسها ، فكانت تبدو مُكبلة بزرد قيود عدم احتياج ابنتها وأولادها لها ...

في ذات جلسة بين الأنا والضمير ، اكتشفت معاناة أمها من الفراغ القاتل الذي نما كعشب ضار في دربها، متغذيا من تربة عدم الاحتياج لها ولخدماتها ووجودها ووقت ضائع دائما يمرّ بتثاقلٍ في كلّ يوم جديد ...

رفعت سماعة الهاتف :

- ماما ! هلّا أتيت لزيارتي اليوم ، فأنا أحتاجك !...

لبّت الأم النداء في الحال ، والفرحة تتطاير من عينيها ، كزقزقة تلك العصافير عند استشعار أول شعاع فضي في دقيقة الفجر البكر ، فابنتها تحتاجها ...

منذ ذلك اليوم والابنة ، تُشغِل والدتها بأعمال تلائم عمرها : تقطيع خضار ، مؤونة شتاء ، مجالسة صغير ، رنة هاتف تذكرها بموعد ما ...

كم "يأكل الدهر علينا ويشرب " ! ونغوص في دوامة الوقت فتجرفنا ، لنجد أنفسنا على شاطئ أذيال العمر طاعنين في السن ، نلوّح لأحبتنا في سفينة الحياة المسرعة ، فهم راحلون لأنهم لا يحتاجوننا بعد الآن ...

وهي قد ألفت زقزقة العصافير حتى لم تعد تسمعها ، بل صارت جزء من حياتها يذكرها بالأمن والسلام وأن الدنيا بخير ...

وزيفت احتياجها لوالدتها حتى لم تعد تره ، بل صار مرسى لأمها على ذلك الشاطئ الأخير ....

*****

كم أنا وحيدة وحيدة

يهمس الصّبح التّليد فيزفر نسمة باردة تلفح وجنتيّ وهي تندفع كمُنتظرٍ طويلا وراء درفتيّ نافذتي ، مُلوِّحةً لتلك اللّيلة الدّعجاء المنصرمة ...

مع انفتاح ذلك المصراع ولج أذنيَّ موجات عاتية من أصوات شتى:

صفير ريح ، هديل يمامة ، هدير سيارات ، صياح صبية صغار ، صفيق أبواب ، وكأنّ الكون الكبير تسلّل إلى شاطئ سكوني حتى هُيِّئ إليَّ أني سمعت هدير دوران الأرض وذبذبات الكواكب ...

زحام مقيت يضجُّ في أثير المدينة ، وينفث الدخان غماما بدا كهالة مهيبة تعانق السماء ، وتُثقل الجوّ بذرات الكربون ...

أسدلتُ جفوني أستقبل لمسات الريح المُندّاة برطوبة الصباح ، لأكتشف كم أنا وحيدة وحيدة !!!

وحيدة من دونه في كلّ هذا الزّحام والضّجيج ...

بالأمس قد رحل قاطعا آلاف الكيلومترات ، منتعلا طائرة صَلِدة ، حلّقت طويلا فوق البحار البعيدة ، إلى أرض جديدة ....

ومع أني أدرك أنّ السفر مؤقت والأيام معدودة ، إلا أني دائما عند الوداع أغالب الدّمعة عبثا ، والشّعور بانقباض النبضة حتى يثقل القلب - وأكاد أقسم أني أشعر به سيهوي بين ضلوعي - وتلك الغُصّة التي أحاول إزدرادها دائما ولا أفلح ، وكأنّ الرّوح تُزهق ...

أسدلتُ الجفون ثانية ،لأحبس تلك الدمعة ونفسي تأبى الشفقة على نفسي ، وتستنكر أسئلة خائفة عن معنى الحياة بدون وجوده ...

كم أنا وحيدة ، وحيدة !

هل الوقت علاج الوحدة ، فأعتادها ؟ أتماهى معها ؟

أم تلك الآمال والأحلام التي تترقرق على صفحة نفسي كأشعة الشمس تلوّن وجه الماء بالفضة ؟!!

*****

قهوة بنكهة حبّات المطر

قطراتٌ تنهمرُ فرادا إلا أنّها تصطّف بهندسة إلهيّة مبدعة لتتساقط مجتمعة خيوطا كريستالية شفافة فطرية نقية - بكلّ معنى الكلمة - راسمة بريشتها الاحترافية لوحة المطر ...

بعيونه الزيتونية يراقب تلك الخيوط المنهمرة بغزارةٍ كنبالِ رُماةٍ ماهرين لا تلوذ عن هدفها ، ويسمع صوت القطرات تتسابق للدخول في ذلك الكوب الصغير الذي وضعه خارجا ليجمع فيه حبّات المطر ...

رويدا رويدا تتجمع بعناء يستغرق وقتا طويلا ليملأ كأسا صغيرا...

ويتفكّر كيف لذلك الطّوفان الهائل من الخيوط المنهمرة أن يعجز عن ملئ كوب صغير ! أهي قوانين الفيزياء ؟ أم تزاحم حبّات المطر للولوج فتتصادم وتتشتت ؟أم سخرية القدر منا نحن البشر ؟

أخيرا أحضر كوبه الصغير وأفرغه في غلاية القهوة ، وبحرفية يضيف ملاعق القهوة والسكر ويمزج الجميع على نار هادئة ، فتتلاقى حبيبات الغابة الاستوائية مع قطرات المطر المدارية ، في فنجان قهوة عذرية ...

يتأمل كوبه محاولا أن يشتم رائحة الطبيعة الأصلية بفطرتها وطهارتها ...

ثم يدني الفنجان من شفتيه ليفض عذرية قهوة المطر ..

يبدو أنها من الجنة " لم يطمسهن إنس ولا جان "

وكأنه خطف نظرة إلى الفردوس ، وقطف ثمرة من أفنانها الدانية ...

فبدت قهوته بماء المطر مع كل رشفة كبتول لم يشمها أو يتذوقها أحد قبله ...

نبال المطر تنحسر إلى جعبتها ، وهاهو يحتسي آخر رشفة من قهوة المطر ويبعد فنجانه أقصى الطاولة ... وبتوله على استحياء تسربت نقية في شرايينه ، وتركت رواسبها السوداء في ذلك الفنجان ....

يبتسم هامسا : - فليكن هذا سرنا الصغير ...

*****

مهداة إلى زوجي وشريك حياتي الغالي " عمر "
فهي من وحي إلهامه لي

حوار بين صديقتين

تتجمع غيوم رماديّة في سماء خريفٍ أهلَّ يرفل بثوب نحاسيٍّ باهت ، فتبرق وترعد دون أن تمطر أحيانا كأنّه مخاض كاذب ، أو تنثر طلّا خفيفا يبلّل ذرات التُّراب فتتصاعد رائحةٌ بتول في الأثير ، تتنفَّسها تلك السنونو فتجفل وتتلفَّت يمينا وشمالا وهي تتساءل هل هاجرت أخواتها أم لا ...

عيون صديقتها اليمامة تراقب خوفها وتوترها ، وعلى فَنَنٍ بدأت أوراقه بالاصفرار دار حوار بين الاثنتين :

اليمامة :

- هاه يا صديقتي ! هدئي من روعك دائما أحسّك مشدودة ومتوترة ومستعجلة ...

السنونو:

- آه يا صديقتي ، السَّماء ملبَّدة والخريف ينفث ريح الشِّتاء الباردة ، وعليّ الهجرة أسرابا مع أقراني في كلِّ خريف كما تعلمين ، وأطفالي صغار يقيدون حركتي .....

اليمامة :

- هوني عليك يا أخية ! لا تقيدي نفسك أبدا ، فالحب ليس التزاما يا غاليتي إنه حرية ممتعة ، ودائما ما تجعلينه التزاما ...

انظري إلى الأعلى وحلقي ولو بروحك فقط ...

السنونو :

- لا أستطيع ...فحبي لهم ولكل شيء حتى لزهرة صغيرة يلزمني بقيود كثيرة ...

أخاف أن يسبقني الوقت السقيم وأنا أراوح مكاني ..

أخاف أن أحلق فلا أرجع ...

اليمامة مازحة :

- سأشدك من رجليك ، فقط حلقي ...

السنونو باسمة :

- إني فعلا مشدودة يا صديقتي ، ثم أني اعتدت قيدي ، ربمّا لا أريد أن أكسره وحسب ، كتلك الفتاة التي تراءت لي في الحلم يوما ، هل تذكرين ! تلك الطفلة السّمراء التي حاولتُ فكَّ قيدها لكنها عادت تطلب مني أن أقيدها ثانية ؟!..

تهبُّ نسمة باردة تجمِّد الكلمات ، فيسود الصمت ، ولا يُسمع إلا حفيف ورقات الخريف تدحرجها رياح الشَّمال ، وكأنها أجراس تزفُّ أنباء الرحيل ناشدة طريق الهجرة الطويل الذي رسمته يد الخالق بالفطرة ...

*****

مشاعر سريالية

كشهب السّماء الهاوية بسرعة فائقة تَمُرُنا أيّام أرضنا الكرويّة بشتَّى الفصول ، وكتقلُّبات الطَّقس وجنون الرَّبيع تُصادفنا مشاعر جمّة في ارتباطنا مع بَنِي جِدَتِنا أو حتى مع الحجر والجماد وكائنات حيَّة تُعايشنا حتى نألفها وتتوّطد بيننا المشاعر التّي قد تكون أحيانا سرياليّة التكوين والوصف ...

كذبذبات حجر فوق صفحة ماء راكدة ، تتبادر أسئلة ذات أجوبة مُبهمة عن مدى ارتباط الجماد أو الكائنات الحيّة بنا ، فوريقات نبتتها الخضراء بدأت تصفرُّ في أصيصها الجميل ، ما لبثت أن بدأت تموت على أفنانها الصغيرة ، تراقبها عيناها بفزع متسائلة عن السبب ، فهي تسقيها كل يوم وتضيف لها التربة الزراعية بين فينة وأخرى ، وتضعها في مكان مناسبِ الضّوءِ والحرارةِ ...

و جفلت لوهلة رغم أنها لا تتطيَّر وتمقت التَّطيُّر ، لكن صادف أن ارتبط كلّ شيء جميل تحبُّه مُهدى لها من أشخاص ارتبطت معهم بمشاعر الأخوَّة والصّداقة والمحبة ، أنّه عندما تموت أو تُكسر الهدية ، تنفرط العلاقة كحبَّات عقد اللآلئ ، ومهما حاولت لملمتها واسترجاع مشاعرها معهم ، يبقى شيء مشروخ ، كجرَّة الفخَّار القديمة ، أو تضرب شاطئ علاقتهما عاصفة هوجاء قد تسكن تارة أو تدمر كل شيء تارة أخرى ...

بحسرة تتذكر ذلك الخاتم الذهبي ، الذي انكسر فجأة في إصبعها ، وما عادت علاقتها بصاحبته كما كانت ...

و الخرزة الزرقاء التي ضاعت ، ثم ضاع جزء كبير من الارتباط بصاحبتها ...

ذلك الكوب الذي انكسر بين يديها ولم تسمع من صاحبته خبرا ...

فهل تنبأت تلك العطايا بضياع أصحابها !!!

كما و يحدث أن نرتبط بأشياء جامدة لكنها تشعر بنا وعندما ننوي التخلص منها أو استبدالها تحزن لفراقنا، كتلك السيارة التي ودوا بيعها فتوقفت عن الحركة وكأن الحزن نِبَالٌ أصابتها في مقتل ...

أو الساعة التي تعطلت وأبت عقاربها أن تتصالح مع الوقت ...

كذلك البيت العتيق الذي رشحت جدرانه حزنا ودمعا عند بيعه ...

و و و ... و يطول الذكر والتذكر ...

تنتفض فجأة من الغوص في عالم أفكارها اللّجي ، وكأن شهب أسئلتها حفرت هوَّة عميقة مكان وقوعها فأيقظت السّكون وتركت خلفها هالة ضوء مهيبة ، فودَّتْ لو تسأل أشياءها لربما أعطتها الجواب الشافي ...

وهاهي نسمات دافئة تتلاعب بخصلات شعرها زافرةً وهجَ تموز على جلدها ، تهمس بقدوم الصيف معلنةً أنّ الأرض ما تزال تدور منذ أن تكوّن موج المحيطات إلى أن يعتق الغيم التَّليد ، فتدور معها مشاعرنا كناعورة نهر "بردى" تروي ظمأ براعم تتفتّق زهورا سرياليّة الرَّسم والتَّصوير ....

*****

عودا حميدا يا بني

ضيٌّ في بؤبؤ عينيه يرسم شعاعا صغيرا في سواد حدقته ، فتبرق فيهما أفكار خديجة...

حيرة وتساؤلات توشوش فكره اليانع الغرّ الذي بدأ يرسم معالم شخصيته وتوجهاته المبهمة فيما مضى ...

بأسى يتذكر كلام صديقه المراهق ، عندما مال ليسند ظهره على المقعد فبدى عليه الألم والوجع وهو يكتم تأوهةً صغيرة ، وعندما سألوه اعترف بهدوء :

" - إنها آثار ضرب سوط أبي على ظهري وأنا صغير ... فوالدي اعتاد ضربي بالسوط عندما أخطأ ، وما تزال الآثار محفورة في ظهري وتؤلم عندما أستند عليها " ...

بذعر استهجن الشاب الغرير كلام صديقه ، ويكاد يتقطع منه الوتين وهو يفكر كيف أنَّ الألم في جسد طفل صغير حفر ندبا في جلده الغضِّ صعبةَ الزوال حتى بمرور الأيّام ، إلا أنّ ما آثار دهشته ورعبه أكثر أنّ صديقه تابع يبرّر :

" – أبي كان يُربيني جيدا ، وانظر ما صنع مني ، لقد صنع رجلا ..

وسأعاقب أبنائي بنفس الطريقة أيضا ، لأصنع منهم رجالا "

ويضطرب التفكير أكثر وتتداخل دوائر التساؤلات أكثر حتى تُبْهَمَ الرؤية ، عندما يقارن كلام هذا الصديق بكلام رفيق آخر يضربه والده بعنف عند كلّ هفوة ، حتى أصبح مكسور الذات غير سويّ السّلوك ، ويتوّعد وهو يقول :

" - لا يحقُّ له ضربي ! لقد أصبحت شابا ! أريد أن أتحرّر من سطوته .."

تذكر كيف حكى له والده الحكايا عن معاملة والديه القاسية له لكنه ناضل وتعب ليكون ذلك الإنسان العظيم ، ثم تذكر كلام أمّه أنّه عندما يكون الأهل قساة وظالمين فإما أن يحاول الأبناء أن يكونوا خلافهم ويثبتوا لهم أنهم ناجحون ، ويكدحون بمعنى الكلمة ليكونوا ما أرادوا ، أو يصبح الأبناء نسخة عن آبائهم حتى في نهج تعاملهم مع أبنائهم لاحقا ....

هو يعرف أن لا أحد يختار والديه ، كما لا أحد يختار أبناءه ، لكنه تأكَّد أنَّ الله ترك لنا حرية الاختيار في كيفية معاملتنا لأبنائنا وحتى لآبائنا وفي اختيار أن نكون أو لا نكون ...

بتنهيدةٍ صغيرة حمد الله وشكره لأنه منحه هذين الوالدين ، ثمَّ هرع يقبل رأسيهما كأنه لأوَّل مرّة يراهما بعد أن كان مسافرا في رحلة مابين الطفولة والشباب استغرقته وقتا للعودة ...

يهمس الوالدان بامتنان : عودا حميدا يا بُنيّ !

*****

قطوفٌ دانية

في مكان ما بين الذّرات والخلايا وبقدر ما تضجُّ الحياة ، يختبئ ويتربصُ الموت أيضا ، وبقدر ما يبدو الموت مُنقضًّا مُفاجئا مخيفا بقدر ما هو مُتربصّ بطيء صبور ...

كانت فيما مضى مزرعة نخيل هرمة ، قدمها مالكها " أبو عبد الرحمن " لأمانة البلدية ، ودفع الأموال لتغدو حديقة غنَّاء متفجرة بالحياة والصِبا ...

اعتدنا على رؤيته يتجوَّل يوميًّا في ممراتها يلتقط بعض العبوات الفارغة ويرميها في الحاوية ، ثم يرمي السّلام ويسرع إلى المسجد المقابل للصّلاة ... عندما ألمحه بثوبه الأبيض وغترة رأسه البيضاء مقبلا من بعيد يميل على جنبيه ، تنتابني مشاعر متضاربة من شفقة وحزن وتوجّس ، ربما لأنه شديد الشّبه بأبي - رحمه الله وغفر له – وربما لأنّه يتوكأ على عكازه يجدُّ الخُطا فيبدو جسده قفصا تتصارع فيه الحياة والموت ضدين أو شريكين ،لا أدري حقا ...
زوجي يسرع إليه بكأس شاي وقطعة حلوى ، فيعتذر لأنه ممنوع من المنبهات والحلوى بسبب سنه ال 96 عاما ومرضه بالسكر ،
ونوَّهَ إلى أنّ البعض يظنه مسكينا حتى أن أحدهم حاول إعطاءه نقودا ، لكنه - ولله الحمد - لا يحتاج أحد فذاك قصره وتلك قصور أولاده ...

كان يستوقف بعض المارة ويخبر الجميع بذلك ، ونفكر بامتعاض أنه يُذهب حسنات صدقته وأعماله بالحديث عنها ، لكنّه ربما يفعل ذلك حتى لا يشفق عليه أحد أو يظنه محتاجا ، فنظرات الشفقة مؤلمة وجارحة بقدر نظرات الحقد والكره ، أو ربما لأنّ كبار السّن يشعرون بالوحدة دائما وبالعزلة بعد

أن ملّ وضجر أولاده وأحفاده من الاستماع له فما وجد إلّا الغرباء ليحكي لهم ...

ها قد أزِفَ موعد استواء عناقيد النخيل التي ناءت بما حملت فدنت حتى كادت تتكسر ثم بدأتْ تجفّ وتسقط ويدوسها المارَّة بأرجلهم ، أو يعبث بها الأطفال فتذوي وتذبل ...
كان منظر القطوف الدانية مغري للقطاف وللتذوق فكنا وكان الجميع لا يقاوم رغبة قطف ثمرة وأكلها وهي تتدلى خمرية اللون مدورة كعناقيد الكرمة الشهية تنوء بحملها ناثرة عبقا من ريح الجنة ، ونتساءل لمَ لمْ تُحصَد حتى الآن !
حتى أخبرنا أبو عبد الرحمن ، أنَّ أولاده رفضوا قطافها فهو قد تبرّع بها للبلدية فلينسَ أمرها ، ثم تضافرت و تزاحمت الدموع في عينيه وسالت بشحٍّ من جُنبات أجفانه الهرمة ، لأنه يتألم أنها متروكة هكذا هباء ، والبعض لا يجد قوت يومه أو يموت جوعا ، بل ويشتهي هو أن يتذوقها ويمنعه مرضه ...
ثم مدّ يديه المتجعدتين وقطف بعض الثمرات ،وضع خمس حبات في جيبه لأكلها خُلسة ووضع باقي الحفنة في يديّ زوجي ، وسأله أن يقطف ما يشاء منها قبل أن تجفّ وتموت ...
فضَّلنا أن نتذوقها من قطوفها الدانية ونحن ننتقي الحياة من قلب الموت ، و نخاف أن نغدو كأبي عبد الرحمن متخوفين من الشفقة والاحتياج نخبر القاصي والدَّان كيف كنا نضجُّ بالحياة يوما ما ، ننتظر لحظة انقضاض الموت بعد التربصِ المديد ، فتوفَّنا اللّهم مع المؤمنين القانتين ...

....

في ذات ربيع مجنون

أن تختار أو لا تختار ، ذلك هو الجواب ...

ليست حكمة شكسبيريّة ، فاختياراتنا وإن بدت مُسيَّرة إلا أنها بإرادتنا وهي التي تصنعنا كما نحن بالأمس ...الآن ... وغدا ...

كشمسٍ مُضيئة مُبهرة وقمر برتقالي يشعُّ بهالة منيرة في ليلة المنتصف ، كانتا صبيتين غرَّتين في أول سنة جامعية ، " ضياء" الشمس بطولها الفارع وبياض بشرتها الصافية ، تتدلى فوق ناصيتها خصلات سوداء تزيد بياضها إشعاعا كما سواد عينيها يبرق ليزيد من الشعور بوهجها ، وتختال في مشيتها بطولها الفارع فتلتَفِتُ إليها العيون المُعجبة كزهور دوّار الشمس تدور معها منجذبة ، وهي تعرف فتختال أكثر وتبتسم بثقة الشمس ....

"سنا " القمر ، بوجهها المُدوَّر المضيء ووجنتيها الحمراوين وعينيها الخضراوين كسنبلتين في حقل نَضِر ، ترفل وتتهادى في خجل بوشاح فوق رأسها وكأنها تبحث عن مكان للتواري ...

صديقتان هما جمعتهما الدراسة ، ومع أنهما تبدوان مختلفتين إلا أن شيئا ما ربطهما ، ربما لأن" ضياء" لم يكن لديها صديقات أو حتى رفيقات فالغيرة منها ومن مجرد المشي بجانبها تبعدهن عنها ، وهي تجذب الأنظار كشمس مشرقة تفرض نورها في كل مكان ، ولكنها كالشمس أيضا غير مريحة عندما تكون ساطعة فنحاول الاستظلال وتجنبها قدر المستطاع ...

و " سنا " لم يكن يهمها أن تكون ظاهرة أو أن ينظر إليها الناس بانبهار ، كانت فعلا كضوء القمر تتسلل بنور خافت إلى القلوب وتفرض رويدا رويدا

سحرها الجذّاب بكلّ ثقة ، وكما سنا القمر يفرض هالة راحة وهدوء وفرح كانت تهفو لها القلوب وترتاح معها ، وكالقمر لم يكن يهمها أن تغطي الشمس ظهورها عندما تسطع ،فهي تعرف ما حباها الخالق به من نعم عديدة ...

وفي يوم من أيام نيسان طرقت " ضياء " باب صديقتها تطلب منها الخروج للتمشي فهي تشعر بالملل كعادتها ، وقد استبدلت النظارة بعدسات تزيد بريق عينيها جمالا ، ورسمت شفتيها بالأحمر فزاد بياض بشرتها سطوعا ، بينما لَفَّتْ " سنا " وشاحها فوق رأسها وخرجت معها من دون تزييف أو تجميل ...

تتهاديان بمشيتهما فوق حجارة الرصيف المبلولة ، تحاولان ألا تدوسا زهور الياسمين الأصفر المتساقطة من شجيراتها التي اشرأبت أغصانُها متكاتفة ومتدلية فوق أسوار البيوت المترامية ناثرة زهورها عديمة الرائحة فائقة الجمال وكأنها قرابين أمنا الطبيعة تذروها زفرات الريح على إسفلت الشوارع فتكسوها باللون الأصفر ، ورائحة الربيع تعجُّ في الأثير ، كما الطلاب والطالبات يعجُّون فوق الأرصفة والطرقات ، ففي فصل الربيع قوة هائلة مجنونة تجرُّ الناس للخروج وتُشعرهم بالضَّجر من السّكون ، وكانت النظرات تتوجه مباشرة إلى " ضياء " التي كانت تسترق النظر إلى " سنا " ثم سألتها فجأة :

- سنا أنت غريبة جدا !! غير معقولة أبدا !! ألا تغارين ؟؟

ابتسمت " سنا " بهدوء وشَعَّتْ عيناها وهي ترد :

- ولماذا أغار وأنا لا يهمني أن أكون محط الأنظار ! كما أني أعرف نفسي وأعرف ما حباني الخالق به وسأكون دائما قانعة كما أنا ...

- ولكن ! من الممتع أن ينظر الناس إليك وكأنك ملكة إناث الأرض بل وكأنه لا توجد أنثى أجمل منك ، وأن تشعري بالاستحواذ والكل لا يرى إلَّاكِ ، حتى من بجانبه أنثى أخرى تمطركِ سهام عينيه بنظرات الإعجاب وسهام عينيها بغيرة وأنانية ، إنه حقا شعور يجب أن تجربيه حتى تعرفي يا سنا ما يفوتك ...

- حسنا ! سبحان الله ! جربته ولم أشعر إلا بالقرف من الرجل الذي ينظر والشفقة على الفتاة بجانبه ، ودعوت الله ليلا ونهارا ،سرا وجهارا ، ألا أوضع في مكان الفتاة ، وأن يرزقني الله بزوج يخاف الله ويخاف أن يخون ببصره ومشاعره قبل جسده ....
الحياة يا ضياء ليست مجرد متعة زائلة ، ولا هوى ، إنها مزيج من صراع بين الهوى و القيم ، بين الصعود والهبوط ، بين المتعة والألم ، بين الجسد والروح ، وبقدر ما تتقدمين في ذلك الصراع باختياراتك الصحيحة فأنت الرابحة ...

صمتت "ضياء" والشرود يُثقل خطواتها ، لكن من يعبئ لنصيحة صديقة غرَّة ، فالحياة لا تنتظر أحداً ...

مرَّت السنوات الخمس بسرعة تَجدُّ الخطى نحو المستقبل ، ومرَّت عدة شهور للعودة لأخذ الشهادة ، فيه التقت الفتاتان ، كانت سنا تتأبط ذراع عريسها ، و" ضياء " تختال في مشيتها عندما استوقفتهما مُسلِّمة ،وكانت متفاجئة أن عريس سنا لم يرفع بصره أبدا لينظر إليها ، ولم يكلف نفسه العناء حتى ليوجه كلمة ، وإنما ابتعد ببطء لتُنهيا حديثهما ...

ثم التفتت إليه مودعة وحاولت استجراره ولم تفلح إلا بنظرة عادية وكأنه لا يراها ....
- هل استجاب الله دعاء سنا ورزقها ذلك الزوج الذي تتمنى !!!

همست في نفسها وهي فريسة مخالب مشاعر مختلطة من غيظ وغيرة وتوجّس واستغراب ...

مرَّت الأيام والتقتا صدفة في عصر ربيع مجنون جرَّ الناس للخروج ، وكانت "ضياء" قد تزوجت بطبيب مشهور ، ألزمها على وضع الحجاب فبدت كشمس خبت سطوعها بعد أن حجبتها غيوم رمادية ، حتى أن "سنا " لم تعرفها لولا أن توجهت لها وهي تنادي اسمها ...

ولحظت "سنا" نظرات إعجاب من زوج "ضياء" تجاهلتها بحزن ، ولكنها لم تتجاهل نظرات الأسى والغيرة في عيون صديقتها ...

ومضت كلٌّ في طريق ..
"ضياء" تمزقها مشاعر الغبطة والحسد وهي تلاحظ أن زوج سنا لم يلتفت لها بنظرة ، ومشاعر الغضب والحقد وهي تلحظ زوجها يرمق سنا بتلك النظرات ، وتمنت أن تنشقَّ الأرض فعلا وتبتلعها حجارة الرصيف وأن تدفن رأسها في الرملى - كالنعامة – بل وتغوص فيها وتغرق ...

ومضت "سنا" تتصارعها مشاعر الشفقة على " ضياء "، والفخر بزوجها ، وبالامتنان لله تعالى الذي أجاب دعوتها ، وتمنَّت أن تطير لوهلة كفراشة رهيفة حرّة باختياراتها ...

الغريب أن الصديقتين لم تطلبا أرقاما ولا عناوين ، تاركتين اللقاء لصدفة ربيعٍ مجنون ...

*****

أثر الفراشة

يقول العلماء إنَّه من الممكن لخفقات جناحيّ فراشة طفيف في الصّين مثلا أن يُحدِثَ عاصفة هائلة مع الزّمن في أبعد مكان عنها كأمريكا أو إفريقيا وهو ما عُرف لاحقا ب "نظرية الفوضى" ...

وقد يكون لأفعالنا وكلماتنا ، أثر كأثر الفراشة مهما بدا صغيرا إلا أنّه من الممكن أن يُحدِثَ تشويشا يؤذي أناسا حولنا أو يؤثِّر فيهم بشكل أو بآخر ، ونحن ما فكرنا قطّ بالنتيجة ....

كم تتثنّى وتتعرَّج دروب حياتنا كتلافيف الدماغ ! فنشعر بالضعف والانكسار تارة ، وبالقوة والسّطوة تارة ، وقد نعيش متصالحين مع أنفسنا نَحثُّ الخُطى ، وقد نغلِّف ضمائرنا بطبقة كيتينيَّة صَلْدة كالحشرات نزحف وننقضُّ عند أوهى الفرص معتقدين أننا أقوياء ، إلا أنّنا في لحظة قد نُسْحَق تحت أيّة وطأة قدم ...

كان شابّا يضجُّ بالحيويّة والطّاقة وينبض بقوة الحياة ، ويرسم مستقبله بريشة معطيات حاضره وماضيه ، وأحيانا بريشة الأمل والأحلام الوردية ، وقرَّر مع دخوله الجامعة أن ينسى متطلبات جسده ويلتفت لفكره ودراسته ومستقبله ، فكان الأوَّل على دفعته ، وعُيِّنَ معيدا في الجامعة ...

بدا لوهلة أنَّ الطريق مُعبَّدٌ مبسوط ممدود نحو الدكتوارة والمستقبل ، إلا أنَّ الدَّرب كان محفوفا بأشواكٍ وحفر وتنازلاتٍ لم يكن ضميره ليسمح له بتقديمها ...

إما أنْ تكون مثلهم أو لا تكون ...

عليك أن تُجامل وتلعق الأحذية وتمدح المشرف المسؤول حتى توصله لمرتبة الإله ، وتنْخَرِط في ارتكاب المحرَّمات ولا تناقش أحدا أو تخالفه الرّأي ، ما عليك إلا أن تكون العبد المطيع ...

وهو قد ظنَّ أنّ الدفاع عن رسالة الدكتوراة يعني نقاشا وأسئلة وأخذا وردًّا وملاحظات مفيدة وتبادل للخبرات والتجارب ، إلا أنها في مجتمعاتنا معناها :

لك الخيار أن تبقي فمك مغلقا إلا للتزّلف أو يكون طريقك عثرات وضياعا للوقت والطاقة والمال ...

استقال بعد صراعات كثيرة وقرّر جمع المال بنفسه وتحقيق حلمه بيديه العاريتين الكادحتين ....

لكن كان لابدَّ دائما من تعزيز وتأليه الأصنام المسؤولة ، فتعلَّم بعض المراوغة أو لنقل المرونة ، فقط ليستطيع القفز فوق الحفر و المطبات وتفادي وخزات الأشواك ...

والآن هاهو يرى حلمه أمام عينيه مؤطَّرا في برواز ، ويتسائل إن كان استحقَّ أن يستنزف الكثير من عمره وشخصيته وروحه للحصول عليه ، ثم لمع إصراره مرَّة أخرى كبارق أنار الظلمة لوهلةٍ فأضاء فكرةَ ألّا يتوقف هنا أمام ذلك الإطار ، وقرّر أن يفيد الناس بعلمه ويؤلف الكتب والبحوث ...

كتاب جديد يؤطر اسمه ، وهاهو رفيقه في العمل يصفِّق له ويهلِّل ، ويُري الكتاب للجميع وحتى للمدير ، ويبدو سعيدا به أكثر من صاحبه ، وفرحا بعبارات الإهداء التي خطَّها له باسمه ....

وفي نهاية العام هذا الرفيق قرّر الرحيل بعيدا لظروف عمله ، أوصله للمطار وبدا على عُجالةِ هاربٍ ، حتّى إنّه لم يودّعه الوداع اللائق وكأنّه أحد الغرباء وأعطاه مفتاح مكتبه وطلب منه أن يسلِّمه وما تبقى من عهدته في المكتب للإدارة ...

صَرّ الباب صريرا كئيبا وهو يدخل المكتب المهجور ، غارقا في لُجَّة الظّلمة يرشح ببرودة الوحدة ... جمع بعض الأوراق التي أوصاه صاحبه بجمعها ، وجال ببصره هنا وهناك لعلّه نسيَّ شيئا ليلحظ بذهول كتابه الذي أهداه لصاحبه مرميًّا فوق مجموعة كتب وقد اعتلته طبقة غبار توشي بالإهمال والنسيان عن سابق إصرار وتصميم أو عفوا لا يدري ، إلا أنه مدّ يده المرتجفة ومسح الغبار وقلَّبَ الصفحات التي بدت عذراء لم تتصفحها أنامل أحد ولا نالتها عيون نهمة للقراءة والمعرفة ، و أومضت بين الصفحات صورة الرفيق فرحا بالكتاب مُصفِّقا مُهلّلا كزيفِ سرابٍ في قيعةِ صحراء قاحلة ...

سادرا بأسى وحسرة حمل كتابه المُستَرَدُ بين راحتيه ، وبحزن طوى صفحة صاحب قديم ترك مكتبه وكتابا مُهدَى مهجورا - ولم يكن الأول - وانقطعت أخباره تماما وكأنّه ما كان يوما هنا ، لولا تلك الندبة التي تركها على وتين قلبه ، مُحدِثا أثرا كأثر الفراشة ...

******

خُرافة

في يوم ما ، لا زمان و لا مكان ... سمعت همسا وشهقات و وشوشات ... أطلّت بفضول من نافذتها فلم ترَ إلّا جدار الصّخر شامخا صلدا أمام شباكها بلونه البركانيّ النحاسي وكأنه احتوى تاريخ الأرض ثم تقوقع عملاقا حارسا لما بداخله ، ولم تسمع إلا أنين الريح يصفر في الخندق الضّيق بين الجدار وبيتها كبحّات أنين نايٍّ شجيٍّ ...

وبخفة أنامل ساحر دفعت الريح مصراعي نافذتها ، وعبثت بخصلات شعرها ، وهمست في أذنها :

- فلنكن صديقتين !

عاهدت الريحَ على الصداقة ، وفي كلّ يوم كانت صديقتها تنقر درفتي نافذتها بأنامل خفية ، وتصبُّ حكاياتها في أذن الفتاة كغفقيق نبع انفجر من جوف الحجر ، ثم سال في فجوات الدرب يروي عشبا وبذورا خبأها إصرار الحياة بين مفاصل الصخور ....

ومرّت الأيام والريح تحُتُّ في صخور الجبل فيتآكل ببطء ، والسّيل يجرف معه فُتات الصّخر هادرا مع وابل المطر ، حتى هوى الجدار الحجري أمام نافذتها ، فصار المكان أمامها مفتوحا إلى اللا حدود ...
منذ ذلك الوقت لم تعد تسمع حكايات وهمسات الريح ، ولا نشيج نايها وأنينها

المكتوم الذي بات مألوفا ومؤنسا لها كوشاح يحميها من السَّأم والضجر ، فنادت صديقتَها متسائلة مرارا وتكرارا ... ولم يرد أحد ....

ثم طفقت تبحث عنها عابرة الجغرافيا الواسعة التي امتدت على مدى البصر ، حتى وصلت إلى جدار من الصخور عند حافة جبل بعيد ، نادت فردّ الصدى نداءها خاويا نائحا ...

إنه صوتها ، وهذا صداه ، و تفاجأت عندما اكتشفت ، أنَّ كلَّ ما كانت تسمعه من همسات وحكايات لم يكن إلا صدى صوتها وأيامها في جوف عمرها !!!
فهل كانت صداقتها مع الريح خرافة ؟!!

*****

الفطرة السوداء

ليلةٌ دعجاءُ أثقلتْ ببردها على الأنام ولفَّتْ الظِّلال حول كاهلها ثمَّ أردفتْ أعجازَها فوق أفق البسيطة مُغرِقَة إيّاها في لُجَّةِ الظّلام ، وفي تلك اللحظات يسود الصّمت مهما علا الصّخب و تتلقفنا من أحضانه الساكنة الأفكار،فتدور وتلفُّ كأقمار الكواكب ،ولكنَّها وهي تتأمل بعينيها كوز الذرة المسلوق بين أناملها و تقارن الشّبه الكبير بين حبَّاتِه وأسنان الإنسان وتفكِّر بالأمثال التي خلقها لنا الله من أبسط الأشياء فتسبّحُ الله وتتفكَّر بخلقه وبجمال الحياة وسرّها البسيط المكنون الذي عقَّدَه الإنسان وملأه بؤسا وشقاء وشرًّا مُستطيرا ، ،تراودها أفكار مجنونة بأنّ الأذى والشّرّ فطرة في ابن آدم كما الخير ،أو كبذرتين كلّما روينا إحداهما - الخير أو الشّر – نمتْ وكبرتْ وترعرعتْ فينا ،وربما استَشرَتْ جذورها حتى النخاع فصَعُبَ اقتلاعها ...

ومن بين الصّور التي أوحى بها سواد تلك الليلة مرّت أمامها صورة ذلك القطّ الأسود الصغير في الحديقة القريبة ، من بين ثلاثة أخوة له رُضّعٍ يحتمون بأمّهم ، لكنّه كان دائما بعيدا يموء بإلحاح ، ويواري دُعجة وبرِهِ وكأنَّ السّوادَ خزيٌّ حتى بين الحيوانات ، ولا يقترب من أحد ولا يأكل ما يقدمونه لهم من طعام إلا بعد انتهاء أخوته وأمّه من الأكل ، وزاد الطّين بِلَّة أن الأطفال والناس يعاملونه أيضا بعنصريّة :

- انظروا إنّه قطّ أسود!
- إنّه جنيّ !
- أخاف منه !
- اضربوه!

ووصل الأمر إلى محاولات إيذائه ، حتى تشوهت إحدى عينيه ...

رويدا رويدا - ومن إصرار الحياة تتفجَّر أساليبٌ للعيش والتشَّبثِّ بها والدّفاع عن الذّات - صارمُتنمِرا يضرب أخوته ويبعدهم عن الطعام حتى ينتهي هو ،ويعرف كيف يبتعد عن الأذى وعن الأطفال خاصّة ،ويلاحق الناس ويلحُّ من أجل فُتات الطعام ،ويعرف أنها وأسرتها لا يؤذنه فيتمسَّح بهم ويركض إليهم كلما رآهم مقبلين حاملين له ولأخوته الطعام ...

بات وأخوته طقسًا من طقوس أسرتها اليومية ، أطفالها يلاعبوهم ويطعموهم ، ويحزنون عند رؤية أحد منهم متأذيا أو مجروحا ، بل ويبكون بحرقة من أجلهم ويتساءلون لماذا يؤذي الناسُ مخلوقاتٍ بريئة !!

سافروا فترة وعندما عادوا لم يجدوا القطّ الأسود واثنين من أخوته إلا واحدا ، حاولوا البحث عنهم وخمّنوا أنّ مكروها ما أصابهم ، ربما ذلك الرجل التي يأتي بين فينة وأخرى ويمارس هواية الرّماية ببندقيته على خلق الله والحجر في ذلك البناء المجاور المهجور الذي تأوي إليه القطط والطيور غالبا،وربما دهستهم سيارة مارّة ، وربما آذاهم شخص ما أو أخذهم ، وتمنّوا من أعماق قلوبهم أن يكونوا قد رحلوا إلى بقعة ما أو حديقة ما لا تطلهم فيه أذية ابن آدم ...

المؤسف أنها اكتشفت أن الإنسان أو ربما شيطانه يروي غالبا بذرة الشّرّ والهوى حتى تستشري جذورها و تنغرز أغصانها في الصّدور ، حاجبةً حتى أبسط شعاع من نور الشّمس أن يوقظ بذرةَ الخير المنسيّة ، لتُسحَقَ تحت أرداف ليالٍ دعجاءَ ثقيلةٍ باردة طويلة ....

مرآة البشر

أشعة الشمس تشقُّ عباب الفضاء المهيب كسيفٍ من لهيب ، ناثرة حرارتها ونورها في أثير كوكبنا الأخضر ونازفة قطرات ندى على مباسم وريقات الزهر المُلوَّن ، معلنةً بدء يوم من تاريخ البشرية ليس فيه جديد ، فهو يتكرَّر غالبا على نفس الوتيرة :

/ حروب وقتل وتدمير ومحاولات للإعمار وإثبات الذات /

وهاهو يتأمَّل نفسه في مرآة غرفته في ذاك الصَّباح ، محاولا أن يكتشف نقاط العيب فيه ، فلطالما تساءل عن حكمةِ أنّنا لا نرى أنفسنا إلا في مرآة ..

- وما أدرانا أن المرآة تعطينا أبعاد أنفسنا الحقيقية !

وهل فعلا يرانا الآخرون كما نرى ذواتنا في تلك المرآة !

تأمّل نفسه مطولا وهو يفكر ...لكن ! ....

رويدا رويدا بدأت تأخذه العزَّة بجمال شكله ، وعضلاته المفتولة ، وتغاضت عيناه أو عقله الباطني عن العيوب ، وكأنّ الغرور في نفسه يغلي ويتصاعد ليغشى المرآة ضبابا ، حاجبا هو عن هو ، وحاجبا نحن عن نحن ...

ذلك الغرور نفسه الذي حَدَى بالشيطان ليتحدَّى به الله في قصة الخليقة ، وذاته الذي أقسم إبليس بإغوائنا به ، فهو يجعلنا لا نرى إلا الأنا ولا نعمل إلا للأنا ، ونرتكب آثاما ونجحف ونظلم ونشنُّ حروبا في سبيل الأنا داخلنا ولإرضاء غرورنا ...

ويتفاوت الغرور في ذواتنا ، فيصل إلى حبِّ العظمة وتأْليه أنفسنا في أقصى درجاته ، أو إلى حبِّ الذَّات وإلغاء الآخرين في أدنى درجاته ...

هاهو بعد أن انتشى بغروره حد الثمالة ، يمدُّ يده ويمسح الغشاوة عن مرآته ، لكنَّ حبيبات الضَّباب أثقل من أن تُمحى بأصابعه ، لن تتبدَّد إلا بعد أن تكسر الصنم " الأنا " الذي تعبده داخلك يا ابن آدم !!

*****

المحتويات